学诗浅说

悦读季大家小书院

瞿蜕园 周紫宜 著

CHISO 新疆青少年出版社

图书在版编目（CIP）数据

学诗浅说 / 瞿蜕园, 周紫宜著. -- 乌鲁木齐 : 新
疆青少年出版社, 2023.11
（悦读季大家小书院）
ISBN 978-7-5590-9988-4

Ⅰ.①学… Ⅱ.①瞿… ②周… Ⅲ.①诗歌创作 – 创
作方法 – 中国②诗歌欣赏 – 中国 Ⅳ.①I207.2

中国国家版本馆CIP数据核字（2023）第215285号

悦读季大家小书院

学诗浅说
XUESHI QIANSHUO

瞿蜕园 周紫宜 著

出版发行	新疆青少年出版社有限公司
社 址	乌鲁木齐市北京北路29号
电 话	0991-6239231（编辑部）
经 销	各地新华书店
印 刷	三河市金泰源印务有限公司
法律顾问	王冠华 18699089007
开 本	850 mm×1168 mm 1/32
印 张	8
版 次	2023年11月第1版
印 次	2024年5月第1次印刷
书 号	ISBN 978-7-5590-9988-4
定 价	48.00元

新疆青少年出版社有限公司官网 http://www.qingshao.net
新疆青少年出版社有限公司天猫旗舰店 http://xjqss.tmall.com

CHISO 新疆青少年出版社

序

　　传统形式的诗词是大多数人所爱好的，关于这方面的知识也是大多数人所希望能掌握的。因此，很需要有一种指导性的书，用最简捷的方法给读者说明怎样欣赏，怎样写作等等。

　　本书是作者根据多年讲授的经验，将所累积的资料系统地编成的。特别注重由浅入深，提纲挈领，使读者不需要多费时间，首先能掌握诗的主要形式和规律，然后在指导欣赏方法和叙述源流派别时，顺便介绍一些传诵的名篇，在介绍时又顺便加以说明解释。这样，读者不但看到了实例，而且也就等于读了一部精选的诗词。在知识比较充实以后，才指示习作的方法，读者就更会有亲切的感觉了。

　　本书在关键性的地方不厌反复求详，而初学所不必措意的地方却尽量从略，以免加重读者的负担。所谈的诗以唐诗为主。词以宋词为主。

前人诗话往往有精辟的见解，在今天仍然对学诗有帮助的，本书采取其精意，改用浅显的文字写成，在本书的内容中颇增一些分量。

瞿蜕园　周紫宜

一九六一年七月

目录

第一篇　诗的结构形式

句法章法与体裁

学习旧体诗词，首先应当掌握其结构形式，这对于阅读、欣赏、写作，都是必具的基本知识。

先谈诗的结构，第一就是句法。当然，诗可以有不同长短的句子，但这是不常见的，可以慢慢再谈。一般说来，不外五言、七言两种。五言就是五字一句，七言就是七字一句。不过诗的句子与散文的句子不同，总要两句才能算一个整句，也就是说：上句是没有韵的，下句才有韵。必须包括有韵的在内，才能算诗的一整句。举例如下：

　　白日依山尽，黄河入海流。

　　欲穷千里目，更上一层楼。

这是五言诗，前两句末一字是"流"字，后两句末一字是"楼"字，"流""楼"协韵，所以前两句是一整句，后两句又是一整句。

大凡单是一句不能把意思说明白，总要两句才能完整，比如这首诗的第一句能不能说明一个意思呢？当然不能。若是配上第二句，就勾画出一幅远景的图画来了，这就成为诗了。尤其是第三、第四句，更可以看出，一拆开来，便不像句话。因为作诗的人是说：如果欲穷千里目，就必须更上一层楼。没有下句，单是上句怎能成立呢？

由此可见：诗的句法要有确定的规律，五言就是五言，七言就是七言。意思是活的，句法是死的。但是又要把活的意思在死的句法中表达出来，并不因为句法的约束和限制，就把意思也变死了。上面一首的第三、四句，正说明诗句的死板和诗意的灵活。

人所要表达的意思是变化无穷的，而诗句的格式又这样简单，怎样能作得出诗来呢？这当然不是几句话可以说明的，但也有几点可以先介绍一下。

第一，一句不够容纳的意思，可以分在两句中容纳；两句还不够，可以衍成四句，总把它说明白才算数。

第二，诗中所用的字是可以自由伸缩的，长的可以缩短，短的也可以拉长。有些字在散文中不能没有而作诗却可以省去。

这样一来，就不至于感觉句法的拘束了。当然，文艺这样东西总是要通过人的智慧，精心烹炼才能成功，绝不能像说话一样不假思索。不过只要抓住要点，得到诀窍，也绝不是什么非常困难的事。

句法简单地谈过了，现在再谈章法。

诗的一篇，名为一首。怎样才算一首诗呢？至少要像前面所举一例，四句两韵，不能再少了。

若要作成一首诗，必须具备下列一个主要条件。那就是句子必须协韵，读起来才好听。可以每一句的末一字都协韵，也可以每一整句的末一字协韵。前者不是常见的，一般总是用后者的办法。像上述的例子，"流""楼"协韵，都在整句的末一字上。这个例子只提示最短的章法。当然不限于两句有韵，推广到六句、八句，以至更多都是一样。

另外有一个附带条件，就是短篇总要双数的句子才能成章，五句七句九句是通常不许可的。如果是长篇，倒有时可以不拘。

总的说来，诗要尽量求其句法整齐，声韵和谐，为的是可以引起美感。也就是说：诗是通过细致加工的语言。

掌握了上述的简单原则以后，就要了解一下诗的各种体裁。

按照章法长短来说，各种体裁的次第如下：（一）五绝，（二）七绝，（三）五律，（四）七律，（五）五古，（六）七古。短的在前，长的在后。

按照历史上产生的先后来说，则大致次第如下：（一）五古，（二）七古，（三）五律，（四）七律，（五）五绝，（六）七绝。

以上所举，只是主要的体裁，其他还有些杂体，不是常用的，暂时就不去谈它了。

（一）五绝一称"五言绝句"，就以上述一首为例，四句两韵，可以每两句相对，可以两句对两句不对，也可以全不对。

（二）七绝等于五绝的每句加两个字，其余相同。

（三）五律一称"五言律诗"，是八句四韵，每句五言。一般是前六句每两句相对，最后两句不需要对。

（四）七律也等于将五言变为七言的律诗，其余相同。

（五）五古是五言诗，不一定要对的，句数多少也不限定。除每句必须五字外，几乎没有固定规律。

（六）七古大体上是不拘规律的七言诗，其中也可以杂有长短不等的句子。

古人的名篇总不出以上几种体裁。今天也还应当把这几种体裁看作正宗，尤其是五七律与七绝是常见的，最引起人们的爱好。

平仄与四声

旧体诗的美妙，有一大部分是由于声调的和谐。这种和谐不是由于乐律的关系，而是由于字音的关系，并不需要懂得音乐的人才能掌握，只要读音准确，人人都能领会的。但由于各地的方音不同，对于所谓四声的区别可能有不同的感觉，因而对于平仄的体会就有难有易。

四声是汉字读音的重要特征，也是最基本的声调，在日常的口语中总是用得着的。一般说来，每一个字都可以念成平、上、去、入四个声。不过必须注意：这里的上字不能读成上下的上，要读作"赏"。请读者先把这四个字放在口头准确地念一下，看看有没有声调上的不同。然后再把四种水果的名字分别念一下。首先，平声是"梨"，变成上声，就是"李"，再变成去声，就是"荔"，再变成入声，就是"栗"。如果说，梨子、李子、荔枝、栗子四样东西叫起来是一样的，绝对不能想象。任何地方的人，叫这四样东西，一定都是很清楚，不至于误会的。果真能把它们的名称区别一下，那就对四声容易了解些。

进一步就应当把四声作成一个图表如下：

这个图表表示一个字的四声可以用位置来说明。从左下角起，位置是低的，就作为平声。从平声向上一转，转到左上角，就是上声。再一送，送到右上角，送得最远，就是去声。收回来，向右下角一按，按得用力，就是入声。

从前有四句歌诀，描写四声的声调，是很扼要的，读者可以从这里得到些启发。

平声平道莫低昂，上声高呼猛烈强。

去声分明哀远道，入声短促急收藏。

这个歌诀告诉我们：凡是一个字，不需要费力，只要平平读去的，就是平声。如果将舌头用力转一转，仿佛向上提起，就是上声。如果将这字向远处送，声调拉得长些变得尖些，就是去声。如果将这字用力截住，不拖长，不提高，就是入声。

字的声音和意义往往是有关系的。除平声不须说明外，试举几个上声和去声的字来对照一下：

少、小、简、短、老、减、忍、狠。（上声）

媚、丽、妙、俏、俊、秀、亮、脆。（去声）

这样，可以知道上声字往往有用力费事的表情，去声字则偏于秀媚、清脆、嘹亮。

至于入声字，尤其容易看出表情的关系。形容词方面有"急""迫""辣""杂""狭""窄"等，动词方面有"勒""刻""杀""压""切""割"等，显然都表示深切而直截的意思。

当然，这并不是说一切的字都可以用一个公式来归纳。以上所举，只是概括的说法，不能胶柱鼓瑟。在这里提出这一点，乃是要说明作诗为什么必须留意四声的适当使用，学诗的人为什么首先要掌握四声的辨别。

如果对于四声的辨别还感觉困难，那么，不妨暂时放在一边，先弄清平仄再讲。

四声可以归纳成两大类，平声就是平声，而上、去、入都是仄声。换句话说，不轻不重的是平声，需要用一点力的是仄声。按欧洲文字的通例来说，平声就是非重音，仄声就是重音。西文的诗句，重音非重音必须相间使用，汉文的诗句，平仄也必须相间使用，正是同样道理。

现在举出一首平仄规律最严格的唐人五律诗，作为示范：

> 独有宦游人，偏惊物候新。
>
> 云霞出海曙，梅柳渡江春。
>
> 淑气催黄鸟，晴光转绿蘋。
>
> 忽闻歌古调，归思欲沾巾。
>
> （杜审言《和晋陵陆丞早春游望》）

这首诗是四声相间使用的，暂且不去管它，只把平仄的主要规律指出。首先，每逢双句的末一字必定是平声、押韵①。其次，每句凡押韵的上一字必定是平仄相间使用的，如第一联②"新"字押韵，上一字"候"字是仄声；第二联"春"字押韵，上一字"江"字是平声；第三联"蘋"字押韵，上一字"绿"字又是仄声；第四联"巾"字押韵，上

---

① 押韵也可以写作压韵，就是在句尾用韵的意思。

② 诗的一整句（包含上下两句）称为一联。律诗的第一第二句称"首联"，第三第四句称"颔联"，第五第六句称"腹联"，第七第八句称"末联"或"尾联"。这与对联中称上下句为上下联的习惯不同。

一字"沾"字又是平声。再其次，每句的第二字必定是平仄相间使用的，如第一句第二字的"有"字是仄声，第二句第二字的"惊"字就是平声，第三句第二字的"霞"字又是平声，第四句第二字的"柳"字又是仄声。以下类推，无有例外。末一句第二字的"思"字本是平声，但在诗中若作名词用，须读仄声，所以在此处仍与一平一仄的规律相符。

以上三点是基本的，凡是正规的律诗总不能越出这个轨道，读诗的人如果读到这种诗，一定感觉和谐悦耳，而且易于读熟。

现在取五律七律中的平仄定律列出表来，以期简明易懂。其种类不外平起、仄起两种。所谓平起、仄起，是以第一句的第二字为标准。这字是平声，就是平起的，这字是仄声，就是仄起的。下表内凡押韵的字下标⊙。

（一）平起的五律

平平平仄仄，仄仄仄平平。仄仄平平仄，平平仄仄平。平平平仄仄，平仄仄平平。仄仄平平仄，平平仄仄平。

（二）仄起的五律

仄仄平平仄，平平仄仄平。平平平仄仄，平仄仄平平。

平仄平平仄，平平仄仄平。仄平平仄仄，平仄仄平平。

（三）平起的七律

平平仄仄平平仄，仄仄平平仄仄平。仄仄平平平仄仄，仄平平仄仄平平。平平仄仄平平仄，平仄平平仄仄平。仄仄平平平仄仄，平平仄仄仄平平。

（四）仄起的七律

仄仄平平平仄仄，平平仄仄仄平平。仄平平仄平平仄，平仄平平仄仄平。仄仄仄平平仄仄，平平平仄仄平平。平平平仄平平仄，仄仄平平仄仄平。

以上是开头两句对起而不用引韵的，如果用引韵（那就是第一句也用韵），则开头的格式略有不同，援照上列的表，把最后一句的平仄应用于第一句就对了。换言之，即是第一句与末一句的平仄完全相同。兹举平起的五律一式为例，余可类推。

平平仄仄平，仄仄仄平平。仄仄平平仄，平平仄仄平。仄平平仄仄，平仄仄平平。仄仄平平仄，平平仄仄平。

至于五绝七绝，只是将五律七律截取一半，所以无须再列表。

关于平仄的规律，过去有所谓"一三五不论，二四六分明"。意思是七律的第一、第三、第五字可以不必拘定上述的规律，而第二、第四、第六却不能紊乱。举下列一联为例。

巫峡啼猿数行泪，衡阳归雁几封书。（高适诗）

这与上列平起的七律中第二联的表就不甚符合。"巫"字应当是仄声，却用平声；"数""行"二字恰当是先平后仄，却用先仄后平；"衡"字、"归"字应当是仄，却用平声。所以上列的表也只是帮助读者解答疑难，并不是完全要按着平仄声去填字的。

另外还有人指出所谓"拗体"，就是在五律第三字和七律第五字，如果上句改了平仄，下句也应当照改，举杜诗为例。

檐雨乱淋幔，山云低度墙。

上句第三字"乱"字本应用平声，而改用了仄声，所以下句第三字"低"字也相应地从仄声改用平声。又如：

侧身天地更怀古，回首风尘甘息机。

上句第五字"更"字本应用平声，而改用了仄声，所以下句第五字"甘"字也相应地从仄声改用平声。

但这也不是必须墨守的成规，名家的作品中也有不拘的。

关于四声，还有几句补充的话。

某些地区的人，对于上声和去声的辨别感觉不很自然。那么，最好把常常连用的几个语词念一念，比如"买卖""使命""里外""老少"，听听第一个字与第二个字有没有区别？这个区别就是上声与去声的区别。以上所举的四个例，第一个字都是上声，第二个字都是去声。从这里体会，就不至于茫然了。

另外一点，平声还有阴平、阳平的区别。这在作诗的时候可以不管的，但在口语中天然要经常遇到，也不可不附带说明一下。凡是平声中稍高一点的就是阴平，低一点的就是阳平。"阴"字本身就是阴平，"阳"字本身就是阳平。举几个连用的字为例：比如"归来""萧条""生成""支持"，第一个字都是阴平，第二个字都是阳平。如果念来听听，细加体会，就不难辨别了。

有些人看见诗韵中有上平、下平，不免与阴平、阳平混淆起来，其实是不相干的。诗韵中的上下平是因为平声字太多，所以分成两部分，以便记忆，其实并没有其他原因。

对偶

中国传统文学有一项独有的特征，就是"对偶"。这在口语中已经可以遇到。在文章中用了双句更增长不少力量，尤其在抒情写景的文章中，更不嫌双句之多，愈多愈显描写的深刻。因此专用双句组织成文的就变成骈文的一种特殊体裁。在六朝到唐代，正是骈文盛行的时代，与此同时，诗也发展到了高峰。所以诗的形式优美，对偶是其构成之主要部分。虽然对偶也不一定采用最严格的规定，但无论如何，对偶的精神总是存在于诗中的。

所谓严格的规定，首先是：这句的名词对那句的名词，动词对动词，虚字对虚字，实字对实字，单字对单字，双字对双字（双字例如：处处、悠悠）。其次还要草木鸟兽对草木鸟兽，人名地名对人名地名，颜色对颜色，数目对数目。如果用典故或成语，又要其中的字面形态相对称，出处的时代也相对称。总之，要求工巧，如同精细的刺绣和雕刻那样，使人叹为鬼斧神工。

但是实际上也只能达到相当程度为止，追求太过，又变成有伤大雅了，非但不必，而且是应当避免的。

不过为初学者说法，这种技巧也必须练习一下。先举几个例来说明。

对偶一称"对仗"，亦即"对句"。基本上是整齐匀称的意思。现在举一联典型的对句如下：

明月松间照，清泉石上流。（王维诗）

两句都是写景，而且都是写眼前的景。"明月"对"清泉"，"松间"对"石上"，"照"对"流"，再工整没有了。初学者应当以此为范例，照样练习，要作到自己能成对句而不费力为止。开始的时候，可以先对两字，逐步加到三字、四字。俗称"对对子"，术语是"裁对"或"属对"。作诗总不能不经过这一关。

但是掌握了基本技巧以后，就要体会古人对句的灵活变化。一种是把两个普通常用的字变成新鲜的意思。例如：

露从今夜白，月是故乡明。（杜甫诗）

白露、明月是眼前常见的，心中常有的，口中也常说的，现在说：白露从今夜白起，明月和故乡一样的明。这就不是平平常常的说法，却能够把对景生情的心思说出来，这就是诗中的好句子。

另一种是表面上虽是平行的对句，实际是从上句启发下句的。例如：

鸿雁几时到？江湖秋水多。（杜甫诗）

传书的鸿雁几时才得来到呢？正是江湖多秋水的时候呀！本来是一个意思，却把它组织成两句对偶，这样就使人不感觉对仗的呆板了。

另一种是在平常的句子中，用两个十分用力刻画的字眼振起精神，因而变得极不平凡。例如：

泉声咽危石，日色冷青松。（王维诗）

"泉声"对"日色"，"危石"对"青松"，都极平凡，但当中用了个"咽"字、"冷"字，就使人想到乱石参差之中，泉水的声音有时被遏止；而浓绿的松树也使日光变得阴森。这样写深山的幽景，似乎画也画不出来。这是对句的神妙作法。像这里的"咽"字、"冷"字在古人称为"诗眼"，如同画家的画龙点睛一般。

另一种是意思对而字面不对，例如：

遥怜小儿女，未解忆长安。（杜甫诗）

"小"是形容词，"忆"是动词，"儿女"是通名，"长安"是专名，都不合一般裁对规则，但这两句等于是一句，所以没有妨碍，而且含有相对称的精神，所以读者也不觉得它不是对句。

另一种是把两样不同的意思，用对句来归在一起。例如：

五更疏欲断，一树碧无情。（李商隐诗）

题目是《蝉》。上句是说蝉声，下句却说到蝉所抱的树。虽然是有关系的，但一是声音，一是树，究竟不是一类的东西。这里用工巧的句法组织起来，就使诗的意思得以丰富而曲折，不专在蝉的本身上找话头了。

另一种是用适当的双字或联绵字使平常的字句变得有声有色。例如：

> 野日荒荒白，春流泯泯清。

> 种竹交加翠，栽桃烂漫红。（均杜甫诗）

野日白，春流清；种翠竹，栽红桃，都是庸熟无奇的字句，一经在适当的位置上加以适当的形容，就焕然改观了。

另一种是不同的事物靠工巧的对仗变成相同，使诗句内容更加广阔而丰富。例如：

> 蚁浮仍腊味，鸥泛已春声。（杜甫诗）

"蚁浮"是酒的代名①，而"鸥泛"是实在的水鸟游于水

---

① 古人说：浓厚的酒使人有虫蚁在酒面上浮动的感觉，所以用为酒的代名。

面。一是眼前所亲切享受的，一是耳中所遥为感觉的，两个意思做成对句，很难匀称。现在实的却虚写，虚的却实写，以动物对动物，不匀称的就变为匀称了。若要做到这一点，就必须腹中储蓄一些辞藻和典故，再体会古人怎样使用譬喻和成语，逐步自己培养运用自如的能力。

传统诗歌的特性，就是汉语的特性。由于汉字单音的关系，产生了一种语句构造的艺术。那就是用排偶的方法显示整齐和谐之美，这在别的语文中是难以办到的。我们的传统艺术，无论在建筑上，在装饰上，都很注重对称，例如两扇大门，分挂一副对联，假使对联的字句一边多一边少，一边大一边小，或是一边虚一边实，请问看起来会发生怎样的感想？明白这一点，就知道旧诗的对仗是怎样重要了。

其次要明白对仗的作用是什么。好的对仗要使两句相同的句子显出不同的意思，而不相同的句子调节得互相关联，这样就使人感觉到作者怎样富有组织力，怎样把话说得有力量，怎样使人可以在口头念诵不忘。

我们的上古文字，无论散文韵文，都常有用对偶的时候。以诗而论，《诗经》上有名的句子："昔我往矣，杨柳依依。今我来思，雨雪霏霏。"就是典型的偶句。分析一下，就可以学习一点造对句的方法。这本是用两句话来表示"感往""伤今"的意思，一边感往，一边伤今。这是不同的，可都是从"我"出发，这是相同的。昔往、今来是相对的，可是上句的尾用"矣"字一提，下句的尾用"思"字一收，就显出有轻重抑扬（"矣"字是仄声，"思"字是平声，这里面还有音节的关系）。

这两句话从普通人口里说出来，不过是：去的时候是春天，回来不知不觉已经严冬了。可是诗人要找出杨柳和雨雪来象征春天和冬天，而且要把杨柳和雨雪的形象刻画出来使读者体会加深，感触加重①。

能作到这样，就是好的对句。初学的人应该首先把自己的词汇丰富起来，然后有充足的字眼来应付不同的需要，不至于枯窘平凡，也不至于生硬。入门的方法是多读古人的诗，留心看他们常用的是些什么字眼，以及怎样配搭法。

_____

① 王夫之说：杨柳依依，本是可乐之景，而写去时悲哀之情；雨雪霏霏，本是可哀之景，而写来时欢乐之情，这更可见诗人情思之深厚。

诗韵

什么是韵？韵就是组成一个字的母音相同。凡母音相同的字归在一起，分门别类，不相杂乱，就是诗韵。在诗的每句末一字用同韵的字，就是作诗的押韵。那么，作诗一定要先知道有哪些韵，怎样辨别什么字是什么韵。

各处方音不同，在此处某两字是叶韵的，换一处也许格格不相合了。例如贵州人和浙江湖州人读"余""夷"是一个音，因而是叶韵的，他处就不然。然而诗必须是各处人都能读的，所以不能不有一种共同遵守、大体可通的规范。古人对于诗韵，是结合理论与实际，折衷于繁简之间，然后定出来的。我们现在所遵用的诗韵，自宋代以来，久已"约定俗成"，若任意改变，必致造成混乱。现在的诗韵同唐韵比起来，已经是简化的了，只有少数地方还存在着缺点。例如十三元一韵里包括"元""繁""魂"三种音，这又未免太笼统。其实我们只要能掌握韵的原则，这都不算困难。

按照现在的诗韵的编法，是以平声字为发出点的。平声共三十韵，由于字数太多，又分为上平、下平，各十五韵，各编号数。上平声包括：一东、二冬、三江、四支、五微、六鱼、七虞、八齐、九佳、十灰、十一真、十二文、十三元、十四寒、十五删。下平声包括一先、二萧、三肴、四豪、五歌、六麻、七阳、八庚、九青、十蒸、十一尤、十二侵、十三覃、十四盐、十五咸。

将上述各韵加以分析，就发现一个简便方法，可以将三十韵通盘规画，归纳成十一组：

一、东 冬 江

二、支 微 齐 佳 灰

三、鱼 虞

四、真 文

五、元 寒 删 先

六、萧 肴 豪

七、歌 麻

八、阳 庚

九、青 蒸

十、尤

十一、侵 覃 盐 咸

按照这样的分类法来押韵，在古诗中是绝对许可的，念起来一般也都顺口，不过作律诗不大合适。

这样的分类法，对于韵不熟习的人，很有帮助。如果自己体会一下，就可以知道每一组内所包括的各韵是很相近的，不在一组内就很难相通，这都无须解释。只有第四组的真韵，第八组的庚韵，第九组的青、蒸韵，第十一组的侵韵，或者有人不了解其中分别。如果用拉丁字母记音，就立刻可以明白了。第四组是 N 收声的，第八九组是 NG 收声的，第十一组是 M 收声的。M 收声的读法虽然在今天只有粤语保留着（事实上，在汉字系统的其他国家内，如日本和越南，也还保留着），但这是从上古以来相沿的，而且很突出的，究竟不能抹杀不管（唐朝人对于上述三种读音界限非常严格，在口语上不能分清的，就会被人耻笑，宋以后才逐渐混乱。现在 N 与 NG 的分别，北京话最准确，而 N 与 M 的分别，粤语最准确）。

平声的分组既如上述，上去声是由此类推的，例如平声的"东"，上声就是"董"，去声就是"送"，不必多说。

只有入声另是一种分法。入声十七韵：一屋、二沃、三觉、四质、五物、六月、七曷、八黠、九屑、十药、十一陌、十二锡、十三职、十四缉、十五合、十六叶、十七洽。

分析起来，大体上只有三组：

一、屋 沃 觉 药

二、质 物 月 曷 黠 屑 陌 锡 职 缉

三、合 叶 洽

第一组是 K 收声的，第二组是 T 收声的，第三组是 P 收声的。

假使是个广东人，对于这种分别，是不学而能的，否则也许嫌麻烦。暂时把入声的韵搁在一边，不去研究，也无不可。

在这里还应当把传统所谓"声韵"二字简单解释一下。凡一个字音必由"声"和"韵"组合而成。声就是子音，韵就是母音。例如"声"字是"诗婴切"，就是"诗""婴"两音合组而成的，诗就是声，婴就是韵了。又如"韵"字是"喻郡切"，就是"喻""郡"两音合组而成，"喻"就是声，"郡"就是韵了。这说明了声韵，同时说明了反切。

在诗的音节成分中，不但韵居重要地位，声也是应当注意的，韵要调协，而声要参差，才会悦耳。

写景　写情　用典

诗的内容不外以写景、写情、用典三项来表达。功夫到家，可以三者融合为一，不着痕迹。初学却不能不分别加以研究。

最浅近的是写景。写景要就眼前所见的景物细加体会，用真切而朴素的字句写出来。不过作诗不能太直率。第一，须尽量运用特种形容字眼。一是双声字[①]，如"磅礴""澹荡""夷犹""迷茫"，二是叠韵字[②]，如"萧条""婀娜""迷离""浩渺"，三是叠字，如"凄凄""冉冉""脉脉""溶溶"。这些是汉语中的特殊宝库，能够描写形象而带有情调，以字音来辅助字义，使视觉与听觉同时感受相应的刺激。假使没有这样的宝库，旧诗就不成其为旧诗了。

其次，须运用恰当的动词。举一个例：以前有人读杜甫的诗，读到"身轻一鸟过"，末尾这"过"字已模糊得看不出来了，于是大家便替他想好几个字，比如"下""疾"

---

① 双声字是上一字子音相同的字。

② 叠韵字是下一字母音相同的字。

等字安上去，各人有各人的想法。结果发现原本是"过"字，才佩服杜甫用字之精妙。因为这句诗是描写一员骁将鞭马向阵前飞驰而去，"过"字用的并不费力，而神气已经活现。同时还有一点，"过"字的音节是响亮的，这也增加诗句的精采。

再进一步，是衬托动词的形容词。举杜诗一联为例，"啭枝黄鸟近，泛渚白鸥轻"。"啭"与"泛"是"黄鸟"与"白鸥"的动作，这是人人能想到的。但加上"近"字与"轻"字，就把这种动作描写得生动而且有情，使观察者与对象之间有了联系。这两个字是要斟酌得十分恰当的，"近"字形容黄鸟的驯善可亲，"轻"字形容白鸥的自由愉快。这种字确可称为句中之眼。犹如画人像，一经点出眼睛，就是个活泼有生气的人了。

以上三项综合起来，也可以举杜诗一联为例，比如："穿花蝴蝶深深见（现），点水蜻蜓款款飞。"这是很平实而具有严格规律的句子。以"穿花"描写蝴蝶，以"点水"描写蜻蜓，进一步以"深深见"描写蝴蝶穿花的姿态，以"款款飞"描写蜻蜓点水的姿态。精神特别寄托在"深深""款款"两组叠字，深深款款不仅是对象的有情姿态，而且也是作者与对象融成一片的情感。

在一句之中，写景与写情有时也不能完全分开，已如上述。在一首之中，虽然可以看出某一联写景，某一联写情，但一气读下去，仍是融成一片，互相关联的。举杜诗一首为例。

　　　　即看燕子入山扉，岂有黄鹂历翠微？
　　　　短短桃花临水岸，轻轻柳絮点人衣。
　　　　春来准拟开怀久，老去亲知见面稀。
　　　　他日一杯难强进，重嗟筋力故山违。

　　这首诗前半是写景，后半是写情，而写景之中寓有情，写情之中寓有事，是对于初学最好的示范。

　　通常的说法，律诗总是一联写景，一联写情，先写景，后写情，加上起首和结尾的两联。但实际上不可拘泥，只要能从景引到情，从情引到景，不是截然两橛，无论怎样做，都是可以的。

　　最后谈到用典的问题。这也是旧诗重要特性之一。传统的习惯，以用事入神为最精美的文章技巧。不用直说而借古事点明，使人感觉曲折深稳，确是一种不可磨灭的优点。读书多了，前人的诗也看得多了，自然会得到诀窍。不过好诗并不是一定要用典的。即使是用典的诗，也要避免堆砌，要用得自然灵活。举一首刘长卿的诗为例。

> 送君贶酒不成欢，幼女辞家事伯鸾。
> 桃叶宜人诚可咏，柳花如雪若为看。
> 心怜稚齿鸣环去，身愧衰颜对玉难。
> 惆怅暮帆何处落？青山无限水漫漫。

这首诗是送女儿女婿的，从第二句就开始用典。"事伯鸾"就是用梁鸿娶孟光的典故，不比直说跟女婿走漂亮得多吗？第三四句是说女儿出嫁虽然可喜，但是膝前失去一个爱女了。"桃叶宜人"出在《诗经》，"柳花如雪"是《世说》上谢家父女的故事，用"桃叶"对"柳花"何等美妙！第五六句是托付女婿好好看待女儿。"鸣环"是新嫁娘的妆饰，"对玉"是恭维女婿的话（丈人冰清，女婿玉润，是"乐广"卫玠的故事）。一首之中，有四五个典故，而运用得在虚实有无之间，使人感觉宛转含蓄，语重心长。这样才算功夫到家。

第二篇　名篇之欣赏和诵读法

怎样欣赏名篇

旧诗的特征在于整齐的句法，谐和的音节，秀丽的字眼，但不是说有了这几样就是好诗。古今传诵的好诗，一定含有非常深厚的感情，而又不是率直指出，一览无余的，是可以使人反复玩味，悠然不尽的。

为了说明的便利，简单地举几篇实例，是有必要的。一方面可以了解古诗一些妙处，另一方面可以多认识一些古诗的面目。

第一种是把历史上的事迹用诗歌写出，不要用多话，能把局中人的心事和神情烘托出来，使读者留下深刻的印象。下面是王维的《夷门歌》，所咏的是信陵君和侯嬴的故事（事载《史记·信陵君列传》）。

七国雌雄犹未分，攻城杀将何纷纷。

秦兵益围邯郸急，魏王不救平原君。

公子为嬴停驷马，执辔愈恭意愈下。

亥为屠肆鼓刀人，嬴乃夷门抱关者。

非但慷慨献奇谋，意气兼将身命酬。

向风刎颈送公子，七十老翁何所求！

　　这首诗是典型的唐人七古，完全用《史记》的话编成诗，并没有什么典故和词藻，但是第九第十句是经过细密组织的。读到这里，就感觉到散文与诗文的区别了。十四个字，含有无限悲壮苍凉之意。《史记》写了一大段，他却只用十四个字。古人说："射人先射马，擒贼先擒王。"诗歌就是这样要抓住筋节，要少胜多，要叫人把这几个字反复吟咏得不能忘记。至于末尾两句，再代表侯生说出心事，也是使读者感慨无穷的地方。全篇首尾完具，层次清楚，诗的格律也是谨严不过的。

　　第二种是用空灵潇洒的笔调写出胸中怀抱。举崔颢的《黄鹤楼》诗为例。

昔人已乘黄鹤去，此地空余黄鹤楼。

黄鹤一去不复返，白云千载空悠悠。

晴川历历汉阳树，芳草萋萋鹦鹉洲。

日暮乡关何处是，烟波江上使人愁。

　　这首诗实在是七律，然而只有第五、六句是严格的对句，而前四句只是一口气说出，似对非对。妙处就在这里。想见他一走上黄鹤楼，就先把对黄鹤楼的感想很自然地说出，说完了再向外一望，又添了一番望乡的心思，也是很自然地，好像全不思索，全不组织，不费气力。黄鹤楼据说是仙人遗迹，他这诗就有"仙气"，所以后人看了他的诗，都不敢再作这个题目的诗了，只有清代的少年诗人黄景仁不但敢作，而且还用了他的原韵。现在把它写在下面，可以对照来看。

昔读司勋（指崔颢）好题句，十年清梦绕兹楼。

到日仙尘俱寂寂，坐来云我共悠悠。

西风一雁水边郭，落日数帆烟外洲。

欲把登临倚长笛，滔滔江汉不胜愁。

　　这也算是气概相近的了，不过好诗毕竟只可有一，不

可有二 ①。

第三种是幽深细腻的，以杜甫的《春夜喜雨》为例。

> 好雨知时节，当春乃发生。
>
> 随风潜入夜，润物细无声。
>
> 野径云俱黑，江船火独明。
>
> 晓看红湿处，花重锦官城。

这是描写春夜的雨，而且是以欢悦的心情迎接雨，没有一句离开这个意思。这就需要细心体会，用严密的字句写出来，才能配合这样的情感。试看第三、四句所写的春雨风味，把音乐与绘画所不能完全表达的都表达出来了。不过这样纯客观的描写还不能算诗，必须诗中还有人在，又不能生硬地把自己装上去。他的第五、六句只从雨夜漆

---

① 与崔颢《黄鹤楼》诗同一风格的有李白的《金陵凤凰台》一诗："凤凰台上凤凰游，凤去台空江自流。吴宫花草埋幽径，晋代衣冠成古丘。三山半落青天外，二水中分白鹭洲。总为浮云能蔽日，长安不见使人愁。"北宋时郭功甫也和了一首。诗云："高台不见凤凰游，浩浩长江入海流。舞罢青娥同去国，战残白骨尚盈丘。风摇落日催行棹，潮拥新沙换故洲。结绮临春（陈后主的两个阁名）无处觅，年年荒草向人愁。"

黑中一点船灯托出自己，所谓着墨无多，已经呼之欲出。这就是神妙的地方。神妙到这里，好像不能再说什么了，再从正面说就笨了，他却预想到明天的景象，不再说雨，而说到雨后或雨中的花（因为明天还有雨没雨是不能预测的）。这又给我们一种启示：就题发挥还不够，一定要能想到题外，方能归结到题中。诗的巧拙，分别就在这里。所以多读古人的好诗，能使我们的思路打开，不落俗套，不受束缚。

第四种是说家常的诗，以元稹《遣悲怀》一首为例。

昔日戏言身后事，今朝皆到眼前来。

衣裳已施行看尽，针线犹存未忍开。

尚想旧情怜婢仆，也曾因梦送钱财。

诚知此恨人人有，贫贱夫妻百事哀。

丈夫伤悼妻子的诗，从来没有写得这样明白浅显的。这简直和说话一般，不落一点组织的痕迹，却又很工整，这样的诗最能动人。这就是元稹、白居易一派的特别长处。他说："此恨人人有"，这样的情感果然也是人人有的。因为人人都有，所以格外显出是好诗。不过作这种诗也有一定的条件限制，必须是真从心坎流露出来的，如果不然，就会显得浅薄。

第五种是游记一类的诗，以韩愈《山石》一首为例。

> 山石荦确行径微，黄昏到寺蝙蝠飞。
> 升堂坐阶新雨足，芭蕉叶大栀子肥。
> 僧言古壁佛画好，以火来照所见稀。
> 铺床拂席置羹饭，疏粝亦足饱我饥。
> 夜深静卧百虫绝，清月出岭光入扉。
> 天明独去无道路，出入高下穷烟霏。
> 山红涧碧纷烂漫，时见松枥皆十围。
> 当流赤足踏涧石，水声激激风吹衣。
> 人生如此自可乐，岂必局束为人靰。
> 嗟哉吾党二三子，安得至老不更归。

从到庙投宿说到第二天早起离开，所看见的景物，所发生的感想，平铺直叙，随意写来，不像是诗，可是也成了诗中一格。好处也在于写的是真情实景，而句法字法也雅健不凡。学这种诗当然比较容易。

第六种是写艳情的诗，以李商隐的《无题》一首为例。

来是空言去绝踪，月斜楼上五更钟。

梦为远别啼难唤，书被催成墨未浓。

蜡照半笼金翡翠，麝熏微度绣芙蓉。

刘郎已恨蓬山远，更隔蓬山一万重。

　　这诗开始二句已经写得轻灵宛转，是艳体诗中最合拍的语调。艳体诗抒写两性间的情爱，是应当像花一般婉秀，水一般轻柔的。第三、四句写相思之苦，深刻非常。第五、六句完全用艳丽的字面来衬托，这是从六朝的宫体诗至五代的小令词一贯相承的办法，也是传统诗歌独有的风味。末尾两句，又是一层深一层地写情，使人真有无可奈何之感。刘郎暗指汉武帝求仙，意思是会面比遇仙还难。

　　第七种是感慨的诗，以杜甫的《九日蓝田崔氏庄》一首为例。

老去悲秋强自宽，兴来今日尽君欢。

羞将短发还吹帽，笑倩旁人为整冠。

蓝水远从千涧落，玉山高并两峰寒。

明年此会知谁健，醉把茱萸仔细看。

我们先要知道这是杜甫在安禄山攻入长安而他暂居蓝田的时代所作的。以憔悴落拓之身，逢兵马仓皇之日，又在流离道路之中，度重阳登高之节，其心情的万分感触可想而知。然而这种心情不是一首诗能写得完的，也不是一首简单的七律能写得出来的。如果一首七律中句句都写悲秋念乱之意，那就难于出色了。他却只在开头一句说出"悲秋"二字，又反过来说：虽然悲秋，还勉强自己宽解自己，引起第二句与主人聚会尽欢的意思。两句虽用一韵，而句法是对偶的，意思又是连贯的，几乎就把全首的主要意思包括无遗。如果不是此中老手，底下的话就难于构思了。他却把孟嘉九日在龙山落帽的典故，化作两句，一虚一实，一正一反，把九日登高的主题点明，把"强自宽，尽君欢"的余意再说透一层。第五、六句又点明蓝田的地点，而且借此写写风景，将诗的境界又打开一些。似乎到此为止，没有什么可说了。他又在第七、八句，从"强自宽，尽君欢"归到无论如何不能排遣的感慨上。借茱萸再点重阳节令，不但回顾开始两句，而且回顾到本题，一丝不漏，一笔不乱。至于结尾两句意思之缠绵凄恻，使人感叹无穷，更不在话下了。

凡人逢到季节的转换，环境之变迁，念往伤今，总不能没有一番需要抒写的情感。《楚辞》中说："悲哉秋之为气也，萧瑟兮草木摇落而变衰，憭栗兮若在远行，登山临水送将归。"（《九辩》）凡属富有感情的人，谁不读到这几句而惊心动魄呢？六朝的词赋，唐人的诗，以至宋人的词，都擅长这种言愁之作，其中最优秀的作品，能够写出人心深处百折千回之情，如闻管弦声的凄清掩抑。

第八种是怀古的诗，以李商隐的《筹笔驿》一首为例。

猿鸟犹疑畏简书，风云常为护储胥。

徒令上将挥神笔，终见降王走传车。

管乐有才终不忝，关张无命欲何如？

他年锦里经祠庙，梁父吟成恨有馀。

这是追吊诸葛亮遗迹的诗。地名筹笔驿，就要切定筹笔驿来讲，并不是咏诸葛亮的坟墓或祠庙。古来名家作诗在这种地方是非常精细的。一方面要写出诸葛亮的一生心事，一方面还要把筹笔驿三个字发挥出来。试看他开始两句借着写风景就把景仰先贤的意思作一个总的叙述了。意思说："看见此地的猿鸟，好像至今还畏惧他的号令威严，看见此地的风云，好像至今还保护他的驻军营垒。"（"储胻"指营垒）这两句话极力描写诸葛亮在世的声威，除了诸葛亮，别人也是当不起的。第三、四句就筹笔驿三个字发议论。意思说：尽管诸葛亮费尽心机在这里筹划伐魏的军事，而后来刘禅降魏，终竟还是经由这条路被押送到魏的（"传车"就是驿车）。这两句已经够感慨了，然而诸葛亮的生平还嫌写得不够郑重实在，于是用十分的气力以第五、六句补充。意思说：像他这样的人才比之管仲乐毅是可以无愧色的，何以还不能成功呢？无奈关羽张飞都早死了，不能作个帮手，叫他怎么办呢？结尾两句又归到自己身上，说：从前在成都经过诸葛亮的祠庙，想起诸葛亮所歌的《梁父吟》，已经有无限感慨。反衬今天在筹笔驿经过，所以更不能无诗。古来名大家作诗，总不忘记把自己也写入诗里。这样的诗才是为自己作的，而不是空泛敷衍的。

　　北宋时代的石曼卿也曾经有过一首《筹笔驿》的诗，其中的警句是"意中流水远，愁外日山青"。

　　有人说：这两句超脱得很，意味悠然无尽，可是与诸葛亮的筹笔驿何干？任何有山有水的地方不都可以应用这两句诗么？这样一看，吊古诗是更不宜于太空泛的。既要有论断，又要有情感，论断要扼要有见识，情感要亲切动人。李商隐这诗当然是第一流的。

诗的境界无穷，真要欣赏起来，是应接不暇的，以上不过略举几种而已。现在再就七绝诗举出几种境界，以供进一步的体会，因为七绝诗虽短，而意味最要深长，更可以看出诗的好处。

（一）寒食（韩翃）

春城无处不飞花，寒食东风御柳斜。

日暮汉官传蜡烛，轻烟散入五侯家①。

这首诗看似只写古代寒食的风俗（寒食日由宫中将新的火种传给臣下），其实主要的意思是讽刺宦官的骄横，连烟都收进他们的家里，别人一点也沾不着。至于前面点缀的两句写长安城中一片奢华逸乐景象，也使人自然体会到，却没有一句是直说的。

（二）从军行之一（王昌龄）

琵琶起舞换新声，总是关山旧别情。

撩乱边愁听不尽，高高秋月照长城。

---

① 五侯是东汉桓帝所封的五个有权的宦官。

这首诗从头到尾，一句一翻，一句一接。琵琶尽管换了新声，别情还是一样，听来听去，只有长城上的秋月依旧高悬。凄婉而兼悲壮，音节情味都是第一等。新旧两字互相映带，也是一种深刻的写法。

（三）石头城（刘禹锡）

山围故国周遭在，潮打空城寂寞回。

淮水东边旧时月，夜深还过女墙（城上的矮墙）来。

这是七律的后一半。用对句起头，气势雄阔。淮水是指秦淮河，以淮水东边的月自己移照女墙反衬山仍在，潮空回，不用再说今昔之感，只写山、潮、月、墙，就已经把意思显出了。

（四）同李十一醉忆元九（白居易）

花时同醉破春愁，醉折花枝当酒筹。

忽忆故人天际去，计程今日到梁州。

白诗大多是见景生情，而不是有意作诗的。因为这样，就更显得自然有味。不过这总要从真挚的情感出发，白、元两人的交情深厚到极点，所以能引起读者的深厚同情。试看元稹《闻乐天授江州司马》一首："残灯无焰影幢幢，此夕闻君谪九江。垂死病中惊起坐，暗风吹雨入寒窗。"前一首是因景而动情，这一首则是有无限悲愤之情因而不堪对眼前之景。可见诗中有情，无论怎样作都是好的。（元稹也正在不得意之中，所以听见白居易的贬官而格外感到不幸）

（五）山行（杜牧）

远上寒山石径斜，白云深处有人家。

停车坐爱枫林晚，霜叶红于二月花。

七绝诗不能纯粹写景，景中一定要有情。这诗不过是写山行所见的好景，但若没有第四句这样透进一层的话，说出别人形容不出的意思，这就不成为好诗了。这句中的"于"字是很重要的，这就是比别人深一层的作法，若作"霜叶红如二月花"，就浅近平凡了。

（六）夜雨寄北（李商隐）

君问归期未有期，巴山夜雨涨秋池。

何当共剪西窗烛，却话巴山夜雨时。

这诗的妙处是一首中有几个转折，一句中又有转折。从对方说到现在的处境，再从现在的处境回忆从前，又说到将来的可能回想到现在（"何当"就是"怎样能够"）。一层比一层深，诗的情味就绵绵不尽了。李商隐的诗最以曲折见长，他又有一首题目是《梓潼望长卿山，至巴西复怀谯秀》，两层意思只在二十八字中从容不迫地写出。诗是：

梓潼不见马相如①，更欲南行问酒垆。
行到巴西觅谯秀，巴西惟是有寒芜。

又有《望喜驿别嘉陵江水》一首云：

嘉陵江水此东流，望喜楼中忆阆州。
若到阆州还赴海，阆州应更有高楼。

凡是好诗一定富于想象，一定从虚空处着笔，悟到这

———————————
① 司马相如可以简称马相如，正如司马迁可以简称马迁。

个道理，就可以论诗了。

（七）秋夕（杜牧）

银烛秋光冷画屏，轻罗小扇扑流萤。

天阶夜色凉如水，卧看牵牛织女星。

这种与上述一种正相反，用不着有深意而只在字句和音节上取神，也很博人喜爱。

（八）江畔独步寻花（杜甫）

黄四娘家花满蹊，千朵万朵压枝低。

留连戏蝶时时舞，自在娇莺恰恰啼。

这种诗只是就眼前所见随意写出，故意做成粗率散漫的姿态，好处在于朴素天真，在七绝诗中是别派。

（九）近试上张籍（朱庆馀）

洞房昨夜停红烛①，待晓堂前拜舅姑。

妆罢低声问夫婿："画眉深浅入时无？"

----

① 停红烛是彻夜点着红烛。

这是等于以说白夹入唱词。以前王维有一首仄韵的五绝："君自故乡来，应知故乡事。来日绮窗前，寒梅著花未？"正是同一类型。叙事诗插有对话，在长篇中是常见的。但七绝中像这样情事分明，语气从容，更可以看出作者的本领。朱氏在应试以前，向试官探口气，自比于新嫁娘，而将试官比作自己的丈夫，问问："我这样的文章能不能合格？"这位试官正是与韩愈、白居易同时的诗人张籍，当然是遇到知音了。古人有不少闺思艳情的诗并不是实指两性的爱情，而是借作比喻，避免直率，易于措词。人事中的复杂情况，千端万绪，所以只有取材于爱情可以传出无穷的曲折。

（十）题金陵渡（张祜）

金陵津渡小山楼，一宿行人自可愁。

潮落夜江斜月里，两三星火是瓜洲。

写景美妙的诗往往是在旅程中获得的，旅程中所接触的总不止一端，若能把其中最动人的一点描绘出来，读者就会有身历其境的感觉。这诗后两句就有这样的精采。

怎样诵读

《诗序》上说："情动于中而形于言，言之不足故嗟叹之，嗟叹之不足故咏歌之，咏歌之不足，不知手之舞之，足之蹈之也。"这就说明诗是从情感来的，既然有充分的情感，就不会满足于以普通的说话方式表达，所以凡是诗都要能吟咏出来，这就形成旧诗的特殊诵读方法。

不要怕高声诵读，如果开始不习惯，也要逐渐学习。读的时候，第一，要读出音节，两字或三字相连要作为一顿，上句的末一字要提起，下句的末一字要反复沉吟。特别在全首的末一联，要读出其中绵绵不尽的情味。第二，诗中的情感有悲壮、柔婉、流利、掩抑各种不同，要读起来恰相配合，才能情味动人。会读诗就能知道诗的妙处，领略好诗多了，自然就自己能作了。这是必不可少的。

读诗的方法，在纸上说明是困难的，不过也可以举出些实例，分析一下，供读者参考。

第一例

琵（低）琶（稍高）起舞（提到上声）换（转到去

声）新声（稍高、停顿），总是（一上一去特别提高）
关山（稍高）旧（去、悠扬）别（入、重读）情（低、
停顿）。撩乱（一平一去提高连读）边（稍高）愁（低）
听（稍高）不尽（一入一去提高连读），高高（稍高）秋
月（一平一入重读）照（去、悠扬）长城（低、停顿）。
（王昌龄诗）

这诗的音节是亢激的，情绪是悲壮的。不但在句意上
表现，连字音也是配合得很恰切的。相反的，请看下列的
一首。

第二例

杨（低）花（稍高）落尽（提高）子（稍高）规
（低）啼（停顿），闻道（特别提高）龙（低）标（稍
高）过（远送）五溪（一上一平、先转高后压低）。我寄
（一上一去兼高与远）愁心（低平）与（转高）明月（末
句加重截止），随风（低平）直到（第二字远送）夜郎
（先高后平）西（拖长缓吟）。（李白诗）

这诗的平仄和前诗一无分别，可是因为所用的字音都

是柔和的，读起来就应当跟着字音表现凄婉的情调，与前诗不同。而起结韵"溪""西"两字都是阴平，意味也较前诗为有余不尽，所以读到句尾，应当缓缓沉吟。

第三例

一树（一入一去高声起）春风（稍高）万万（去、柔曼）枝（稍高），嫩（去、稍重）于（低）金色（一平一入稍停顿）软（稍重）于（低）丝（稍高）。永丰西角（四字连读稍停顿）荒园（低）里（上声转高），尽日（一去一入稍停顿）无人（低）属（入、稍重）阿谁（一入一平连读、低声结）。（白居易诗）

这诗是和珠串一般，连绵直下的，所以读的时候也要传出流走自如的神情。听的人不消每字每句注意，直到听完，方才领略到全诗的深意。这是流利的一种。

第四例

山围（一阴平一阳平连读、低）故国（一去一入提高加重）周遭（连读低）在（去声重读、停顿），潮打（一平一上连读、提高）空城（连读低）寂寞（连读重）

回（低、停顿）。淮水东边（四字连读、上两字高下两字低）旧时（一去一平连读、先高后低）月（重读、停顿），夜深（一去一平连读、先高后略低）还过（一平一去连读、先低后高）女墙（一上一平连读、先高后低）来（低、延长停顿）。（刘禹锡诗）

这种诗是不说明意思而让读者自己细心体会的，所以读起来不是悠扬而是掩抑的，要多停顿，要缓慢，要郑重深刻。原诗几乎全不用虚字，更靠读的音节表示转折顿挫，千万不可滑过。

至于读古体诗，又是一种方法。古体诗气势往往是急转直下的，音节往往是慷慨激昂的，所以应当快读，只在必须停顿的地方停顿。举李颀的《古意》一首为例。

男儿事长征（一句连读），少小（略停）幽燕客（停顿）。赌胜马蹄下（一句连读），由来轻七尺（停顿）。杀人莫敢前（一句连读），须如猬毛磔（停顿）。黄云（略停）陇底（提高）白云（略重）飞（低缓），未得报恩（略停）不能归（低缓）。辽东小妇年十五（连读、末字特别提高），惯弹琵琶（四字连读、略停）解歌舞（特别提高）。今为（略停低缓）羌笛（略重）出塞声（三字连读、二重一轻），使我三军（四字连读、前二重后二轻）泪如雨（末一句特别提高、再三沉吟）。

前六句因为描摹一个粗豪勇健的男儿，语意是一贯的，语气又非常锋利痛快，所以宜于一气读完。到第七、八句，转到另一个意思：虽然粗豪勇健，毕竟不能不对当前的景物有所感触。这种情绪的转换是非常微妙的，所以读起来也应当依平声的韵脚低声缓吟，让听者也能慢慢体会句中微意。第九句以下完全写出悲歌慷慨的曲调，所以读起来也应当依上声的韵脚，逐句提高，到高唱入云的地步。初学如果能够掌握这首诗的读法，大概对于一切诗的读法都差不多"思过半矣"。再进一步从声调上加一番玩味，作起诗来也会养成自己发抒情感的能力了。

再举另一方面的半古半律诗为例。

绵州州府何磊落（一句连读、末一字加重），显庆年中（四字平调连读）越王作（末一字加重、停顿）。孤城西北（末一字加重、略停）起高楼（前一字提高、后二字低缓），碧瓦朱甍（前二字高、后二字低、四字连读）

照城郭（末一字加重、停顿）。楼下长江（前二字高后二字低、四字连读）百丈清（前二字高、后一字低缓、停顿），山头落日（前二字低、后二字重、四字连读）半轮明（前一字高、后二字低缓、停顿）。君王旧迹（前二字低、后二字高、四字连读）今人赏（前二字低、后一字特别提高、停顿），转见（提高远送）千秋万古情（五字连读、万古二字提高、末一字长吟不绝）。（杜甫诗）

第三篇　诗的发展与重要流派

在这里不准备作为文学史来谈，只是为了能比较全面地认识古典诗歌的面貌，举出些实例来显示各时代、各家数的体制、风格、意境，是有必要的。

国风

第一，先从《诗经》说起。

最充满诗的意味的是《国风》。其余《雅》《颂》部分有诗史和乐曲的作用，暂且不谈。

《国风》发挥纯洁的情感，所以说："发乎情，止乎礼义"（《诗大序》）。情感最浓挚的有如：

燕燕于飞，差池其羽。

之子于归，远送于野。

瞻望弗及，泣涕如雨。

这几句诗写离别之感，可以说缠绵委婉极了。但是诗人有时又非常愤慨激昂，例如：

彼黍离离，彼稷之苗。

行迈靡靡，中心摇摇。

知我者谓我心忧，不知我者谓我何求。

悠悠苍天，此何人哉！

再看看，写慈孝之情的如：

蓼蓼者莪，匪莪伊蒿。

哀哀父母，生我劬劳。

写忠爱之情的如：

岂曰无衣？与子同袍。

王于兴师，修我戈矛。与子同仇！

写朋友之情的如：

蒹葭苍苍，白露为霜。所谓伊人，在水一方。溯洄从之，道阻且长。溯游从之，宛在水中央。

写征戍之情的如：

我徂东山，滔滔不归。我来自东，零雨其濛。……自我不见，于今三年。

写恋爱之情的如：

野有蔓草，零露溥兮。有美一人，清扬婉兮。邂逅相遇，适我愿兮。

写妇女容色之美的有如：

鬒发如云，不屑髢也。玉之瑱也，象之揥也，扬且之皙也。胡然而天也，胡然而帝也！

手如柔荑，肤如凝脂。领如蝤蛴，齿如瓠犀，螓首蛾眉。巧笑倩兮，美目盼兮。

写男子风貌之美的有如：

猗嗟昌兮，顾而长兮，抑若扬兮。美目扬兮，巧趋跄兮，射则臧（善）兮。

写建筑的有如：

定之方中，作于楚宫（楚丘之宫）。揆之以日，作于楚室。树之榛栗，椅桐梓漆，爰伐琴瑟。

写田猎的有如：

叔于田，乘乘马（四马）。执辔如组，两骖如舞。叔在薮，火烈具举。袒裼（裸）暴虎，献于公所。将叔勿狃（勿自恃），戒其伤女。

写田园的有如：

七月流火（星名），九月授衣。春日载阳，有鸣仓庚（黄鹂）。女执懿（柔）筐，遵彼微行，爰求柔桑。春日迟迟，采蘩祁祁（众多）。女心伤悲，殆及公子同归。

毫无疑问，后来诗家种种不同的意境风格都是由此发展而来的，不过形式起了变化而已。

汉魏诗

为简化起见，《楚辞》《汉赋》部分究竟不算正规之诗，可以略去不谈，直接讨论汉魏诗。古人都说汉魏诗是源出《国风》。即以体裁形式而论，由四言演为五言，也很自然合理。现在流传的《古诗十九首》，应当承认是汉魏诗早期的正规代表作。

《古诗十九首》都是言情之作，其中颇有词意重复的，可能并不出于一人一时，而只是偶然的抄集。现在把体制、音节较为不同的录在下面。

一

冉冉孤生竹，结根泰山阿。与君为新婚，菟丝附女萝。菟丝生有时，夫妇会有宜。千里远结婚，悠悠隔山陂。思君令人老，轩车来何迟！伤彼蕙兰花，含英扬光辉。过时而不采，将随秋草萎。君亮执高节，贱妾亦何为？

这是一首写夫妇之情的诗。"思君令人老""过时而不采"，本来都是沉痛的话，而末了二句却替对方原谅，反更为沉痛，诗人与人为善的存心是足够感动人的。

"阿""罗"属五歌韵，与下面的"宜""陂"等属四支的字似乎不是一韵，不过古音"宜""陂"等字是与五歌可以通的。所以这首诗仍算一韵到底。

二

客从远方来，遗我一端绮。相去万余里，故人心尚尔（如此）。文采双鸳鸯，裁为合欢被。著以长相思，缘以结不解。以胶投漆中，谁能别离此？

这是一种借物写人的诗，后来诗家广泛地采用此法，词家的法门从此而出的，更十居八九。末了二句完全是散文的句法，用起来觉得很劲健古朴。这也是汉魏诗的特征。

全首音节短促，增加情感的力量。

三

青青河畔草，郁郁园中柳。盈盈楼上女，皎皎当窗牖。娥娥红粉妆，纤纤出素手。昔为倡家女，今为荡子妇。荡子行不归，空房难独守。

这诗连用许多叠字，写景既美妙，造句又能在整齐之中寓变化，为后来的诗开辟浓厚沉郁的境界。前六句作装点陪衬，后四句就直说无余，二者互相补救，互相映带，也是作诗的章法上应当注意的。

四

行行重行行，与君生别离。相去万余里，各在天一涯。道路阻且长，会面安可知？胡马依北风，越鸟巢南枝。相去日已远，衣带日已缓。浮云蔽白日，游子不顾返。思君令人老，岁月忽已晚。弃捐勿复道，努力加餐饭！

这诗前八句是平韵，后八句是仄韵。是换韵的古诗的开始。前八句意思尚未完足，而忽然改用仄韵提起，并且两句接连用韵，造成奇峰突起，高唱入云的格局，带来不少激越的情感。再看与此相仿佛的蔡邕《饮马长城窟行》：

> 青青河边草，绵绵思远道。远道不可思，宿昔梦见之。梦见在我旁，忽觉在他乡。他乡各异县，辗转不可见。枯桑知天风，海水知天寒。入门各自媚，谁肯相为言！客从远方来，遗我双鲤鱼。呼儿烹鲤鱼，中有尺素书。长跪读素书，书中竟何如？上有加餐食，下有长相忆。

开始时两句一转韵，转韵的时候，连字句也像连环钩锁一般，彼此牵连承接，有无限宛转深情。末了二句，突然用两个仄声韵，斩钉截铁地勒住。语意不尽，而神韵无穷。较之前面一首，技巧更工。唐人五古往往是从这里得到启发的。

谈到《古诗十九首》与后来所发展的建安诗不同之点，明代的谢榛说过几句很扼要而有趣的话。他举出上面的"客从远方来，遗我双鲤鱼。呼儿烹鲤鱼，中有尺素书"，好像秀才在家乡只和朋友说家常话，及至中了进士，做了官，学说官话，就装出许多官腔来。例如曹植的"游鱼潜渌水，翔鸟薄（迫近）天飞。始出严霜结，今来白露晞（干）。"平仄妥帖，句法整齐，就有点官腔了。魏晋诗官话与家常还各得一半，以后家常话就愈来愈少了。

这是很对的。现在再补充说明几句。古诗的好处就在真率自然，有一种古朴意味。同时也还是有组织的，还是以声调的抑扬来表达情感的，虽是说的家常，究竟与说话不同，仍然富有诗味。至于魏晋以后的诗，组织越来越严密，词采越来越富丽，这是文化生活进步的自然规律，我们也不能仅仅以古诗满足我们的欣赏欲。不过古诗的优点，是我们应当郑重学习，尽量吸收的。

汉魏诗中有一种完全叙事的乐府，以古今盛传的《陌上桑》为代表。

日出东南隅，照我秦氏楼。秦氏有好女，自名为罗敷。罗敷善蚕桑，采桑城南隅。青丝为笼系，桂枝为笼钩。头上倭堕（颤动之貌）髻，耳中明月珠。绿绮为下裳，紫绮为上襦。行者见罗敷，下担捋髭须。少年见罗敷，脱帽着帩头。耕者忘其犁，锄者忘其锄。来归相怨怒，但坐观罗敷。使君从南来，五马立踟蹰。使君遣吏往，问是谁家姝？"秦氏有好女，自名为罗敷。""罗敷年几何？""二十尚未满，十五颇有余。"使君谢（致意）罗敷："宁可（能不能）共载不（否）？"罗敷前致词："使君一何愚！使君自有妇，罗敷自有夫。东方千余骑，夫婿居上头。何用识夫婿？白马从骊驹，青丝系马尾，黄金络马头；腰中鹿卢（剑上的装饰）剑，可直（值）千万余。十五府（县署）小吏，二十朝（中央）大夫，三十侍中郎（宫廷官），四十专城居（郡太守）。为人洁白皙，鬑鬑颇有须。盈盈公府步，冉冉府中趋。坐中数千人，皆言夫婿殊。"

《孔雀东南飞》是这种体裁最长的一篇。大家都很熟悉，不再引了。

长篇叙事诗好像看长幅的历史风俗图画一般，需要浓厚的色泽，繁富的点缀，不可以枯淡取胜。自三百篇、楚辞、汉赋，以至汉魏、六朝、唐诗一脉相承，都是不惜用重笔浓墨的。用重笔就是说不怕词句重复，用浓墨就是说不怕多加陪衬。以这首《陌上桑》而论，为了刻画罗敷的形象，不但重重描写她的服饰，甚至连采桑的道具都不惮烦加以装点。至于对白中的话，本可以一句直接答复的，偏偏衍为几句，而又不是直接说出的。这些都无非要提高艺术性，在形象化之中，给读者以启发，而不是直接用议论、感慨的话表示。后人所作往往不及古人的名篇，关键就在于此。

汉魏诗虽以五言为主，也有时扩充到七言，为后世的七古所祖。张衡《四愁歌》就属于这一体。

一思曰：我所思兮在太山，欲往从之梁甫（山名）艰，侧身东望涕沾翰（毛）。美人赠我金错刀，何以报之英琼瑶（玉）。路远莫致倚逍遥，何为怀忧心烦劳？

二思曰：我所思兮在桂林，欲往从之湘水深，侧身南望涕沾襟。美人赠我琴琅玕，何以报之双玉盘。路远莫致倚惆怅，何为怀忧心烦快？

三思曰：我所思兮在汉阳，欲往从之陇阪长，侧身西望涕沾裳。美人赠我貂襜褕，何以报之明月珠。路远莫致倚踟蹰，何为怀忧心烦纡？

四思曰：我所思兮在雁门，欲往从之雪雰雰，侧身北望涕沾巾。美人赠我锦绣段，何以报之青玉案。路远莫致倚增叹，何为怀忧心烦惋？

四愁每首的句法都是一样，只将中间的实字调换一下，完全是《国风》的体裁，用来抒写烦闷郁怫的情绪，是最适当的。后来不少人沿袭他这种格式，杜甫的《同谷七歌》也是学他，却更有变化。

　　诗中的地名，当时必有所指，我们无从考实了。

　　魏文帝（曹丕）的《燕歌行》更是正规的七言诗。

　　秋风萧瑟天气凉，草木摇落露为霜，群燕辞归雁南翔。念君客游思断肠，慊慊思归恋故乡，君何淹留寄他方？贱妾茕茕守空房，忧来思君不敢忘，不觉泪下沾衣裳。援琴鸣弦发清商，短歌微吟不能长。明月皎皎照我床，星汉西流夜未央（未半）。牵牛织女遥相望，尔独何辜（罪）限（隔）河梁？

　　这诗从悲秋而说到念远，再说到离别相思之苦，再说到眼前作诗的情景，而以牵牛织女作感慨的对比。意思由浅而深，层次清楚，不但作七言古诗的前导，而且竟是正规的七言古诗。大凡诗意需要配合缠绵悱恻的情绪，就嫌五言太短促，所以七言之兴，也不比五言太晚，不过初起时的作品流传较少而已。

到了建安时代，曹氏父子在政治上握有重权，在文坛上也独标异帜。诗人辈出，名篇络绎，古来没有比这个时代显得更繁荣的。他们开始以自己的生活写入诗篇，因而将题材范围扩大了，内容也丰富了。建安诸家的诗不能全数列举，仅取曹丕、曹植各一首为代表如下：

西北有浮云，亭亭如车盖。惜哉时不遇，适与飘风会。吹我东南行，行行至吴会。吴会非我乡，安得久留滞？弃置勿复陈，客子常畏人。（曹丕《杂诗》之一）

初秋凉气发，庭树微销落。凝霜依玉除，清风飘飞阁。朝云不归山，霖雨成川泽。黍稷委（倒下）畴陇，农夫安所获。在贵多忘贱，为恩谁能博。狐白（裘）足御冬，焉念无衣客？思慕延陵子，宝剑非所惜。子其宁（安）尔心，亲交义不薄。（曹植《赠丁仪》）

在这里可以看出下列几点：第一，建安诗所以别于《古诗十九首》，是句法更加整齐，组织更加严谨。初秋凉气发以下四句的面貌就显然不是十九首里所有的。从此以后，成了五言诗的定型。也就是说，以前不过略具轮廓，到建安就规模具备了。第二，曹植的诗比较平实，曹丕诗虽不多，而以超逸见长。一是以工力见长的，一是以天分见长的，也就是后来李白、杜甫的分别。杜甫近于曹植，李白近于曹丕，历来的诗家，或偏于此，或偏于彼，大抵不出此范围。第三，曹植诗中："黍稷委畴陇，农夫安所获。"以下各句，是后来咏时事诗所从始。这样就反映了时代，不管诗人的动机是怎样的，总之，诗就是时代的产物，我们从诗中可以获得宝贵的史料。

曹植诗的起句往往非常开阔宏壮，如"惊风飘白日，忽然归西山""明月照高楼，流光正徘徊""高台多悲风，朝日照北林"。这也是由十九首承袭而来的，成为魏晋以后五言诗的共同体势。

建安诗人号称七子，其实余人的诗大同小异，也不必细述了。

建安时代的繁钦《定情诗》是后世艳体诗的开山祖。词句古艳，情致缠绵，后人是追踪不上的。

我出东门游，邂逅承清尘。思君即（就近）幽房，侍寝执衣巾。时无桑中契，迫此路侧人。我既媚君姿，君亦悦我颜。何以致拳拳？绾臂双金环。何以致殷勤？约指一双银。何以致区区？耳中双明珠。何以致叩叩？香囊系肘后。何以致契阔？绕腕双条脱。何以结恩情？美玉缀罗缨。何以结中心？素缕连双针。何以结相于？金薄画搔头。何以慰别离？耳后玳瑁钗。何以答欢忻？纨素三条裙。何以结愁悲？白绢双中衣。与我期何所？乃期东山隅。日旰兮不来，谷风吹我襦。远望无所见，涕泣起踟蹰。与我期何所？乃期山南阳。日中兮不来，飘风吹我裳。逍遥莫谁睹，望君愁我肠。与我期何所？乃期西山侧。日夕兮不来，踟蹰长太息。远望凉风至，俯仰正衣服。与我期何所？乃期山北岑。日暮兮不来，凄风吹我襟。望君不能坐，悲苦愁我心。爱身以何为？惜我华色时。中情既款款，然后克密期。褰衣蹑茂草，谓君不我欺。厕此丑陋质，徙倚无所之。自伤失所欲，泪下如连丝。

阮籍及其他

到了魏晋间的阮籍，由于时事多故，心怀不平，而又不能不隐晦以避祸，作了八十二首《咏怀》诗，以寄感慨。词意悲伤激切，但是究竟意旨如何，仍不能明言，只在可解不可解之间而已。也是从《古诗十九首》发展出来的体制。

录下列一首，以见一斑。

湛湛长江水。上有枫树林。皋兰被径路，青骊逝骖骖。远望令人悲，春气感我心。三楚多秀士，朝云进荒淫。朱华振芬芳，高蔡（地名，出《战国策》）相追寻。一为黄雀哀，泪下谁能禁。

说明：字下的点代表仄声，圈代表平声，是根据翁方纲《五言诗平仄举隅》的。

阮诗的音节可以作为汉魏诗的标准。初学应当注意体会。除韵脚以外，翁方纲指出某字应用平声，某字应用仄声，虽然并不是绝对的，也值得参考。

到了西晋，陆机、潘岳的诗开始变古朴为绮丽，这是与文体的变化相应的，举陆氏的《日出东南隅行》为例。

扶桑升朝晖，照此高台端。高台多妖丽，璿（璇）房出清颜。淑貌耀皎日，惠心清且闲。美目扬玉泽，蛾眉象翠翰。鲜肤一何润，秀色若可餐。窈窕多容仪，婉媚巧笑言。暮春春服成，粲粲绮与纨。金雀垂藻翘，琼佩结瑶璠。方驾扬清尘，濯足洛水澜。蔼蔼风云会，佳人一何繁。南崖充罗幕，北渚盈軿轩。清川含藻景，高岸被华丹。馥馥芳袖挥，泠泠纤指弹。悲歌吐清响，稚舞播幽兰。丹唇含九秋，妍迹陵七盘（**舞名**）。赴曲迅惊鸿，蹈节如集鸾。绮态随颜变，沉姿无定源。俯仰纷阿那（**婀娜**），顾步咸可欢。遗芳结飞飙，浮景映清湍。冶容不足咏，春游良可叹。

这诗很像是有感于晋室诸王之将乱天下而作，末句点明悲愤之意，而全诗多用对句，排比工整，辞藻丰富，秀色可餐一句更为千古传诵。陆氏当然是六朝诗的开山祖。

潘岳的文章较陆机更为明秀，诗以悼亡之作为最出色。情景交融，也是后世诗家所奉为矩范的。举一首为例。

荏苒冬春谢，寒暑忽流易。之子归穷泉，重壤永幽隔。私怀谁克从？淹留亦何益？僶俛（**勉力**）恭朝命，回心返初役。望庐思其人，入室想所历。帏屏无髣髴，翰墨有余迹。流芳未及歇，遗挂犹在壁。怅恍如或存，周惶忡惊惕。如彼翰林鸟，双栖一朝只。如彼游川鱼，比目中路析。春风缘隙来，晨溜承檐滴。寝兴何时忘，沉忧日盈积。庶几有时衰，庄缶犹可击。

西晋还有一个诗人左思，家数与潘陆稍有不同，他是以雄劲顿挫见长的，《咏史》诗是他寓意所在。

弱冠弄柔翰，卓荦观群书。著论准《过秦》，作赋拟《子虚》。边城苦鸣镝，羽檄飞京都。虽非甲胄士，畴昔览《穰苴》。长啸激清风，志若无东吴。铅刀贵一割，梦想骋良图。左眄澄江湘，右盼定羌胡。功成不受爵，长揖归田庐！

陶潜

东晋一代，除郭璞以《游仙诗》得名外，没有杰出的诗家，直到晋宋之间，陶潜以超卓不凡的胸襟，扫除俗套，自成一格，情真语淡，不在于求好而自然无不好。在诗家之中，他是千古独步的。后世诗家得到他的一点余味，已经卓然可传。

从表面看他的诗，似乎首首都是空的。但若知道他的身世和当时的局势，就可以推测他的隐衷，有激越悲愤的地方，并不是一味嗜酒闲居，萧然世外，安贫乐道。所以读陶诗需要全面深入，看似容易而其实极不容易。在这里只举出《庚戌岁九月中于西田获早稻》一首：

人生归有道，衣食固其端。孰是都不营，而以求自安？开春理常业，岁功聊可观。晨出肆微勤，日入负未还。山中饶霜露，风气亦先寒。田家岂不苦？弗获辞此难。四体诚乃疲，庶无异患干。盥濯息檐下，斗酒散襟颜。遥遥沮溺心，千载乃相关。但愿长如此，躬耕非所叹。

就这一首诗来看，陶诗的妙处完全在于真实朴素，不假雕饰。以画来比，汉魏诗像线条粗重设色板滞的古画，陶诗像纯用墨笔的白描，几乎看不出笔墨痕迹。陶氏以后的谢、鲍各家有点像大青绿山水画，而唐代的王维出现以后，又盛行文人画的浅绛法。

不过诗文风格之变迁总不是突然发生的，诗家的作品也不是永远出于固定模型的。陶诗一面结束了汉魏诗的局面而开辟了广阔新颖的法门，同时也暗中为后起的宋、齐以至唐的诗派作过渡的钩联。陶诗虽是以白描为主，而白描之中又有些色泽之滋润。形式上虽以单行为主（如上面所引一首），而未尝不兼用骈偶来调剂。即如他的《九日闲居》诗："露凄暄风息，气澈天象明。往燕无遗影，来雁有余声。酒能祛百虑，菊解制颓龄。"不是已经像宋、齐以后的诗，甚至于像唐诗吗？又如《癸卯岁始春怀古田舍》诗："夙晨装吾驾，启涂情已缅。鸟弄欢新节，冷风送余善。寒竹被荒蹊，地为罕人远。是以植杖翁，悠然不复返。即理愧通识，所保讵乃浅！"不是特别近于谢灵运的诗派吗？又如《与殷晋安别》诗："良才不隐世，江湖多贱贫。脱有经过便，念来存故人。"这不宛然又是六朝末期的句法吗？至于《赠羊长史》诗："紫芝谁复采？深谷久应芜。"简直更是唐诗中的名句。如果单指出这句说是陶诗，会没有人肯信的。

因此，可以断言：陶诗之所以卓绝千古，是因为吸收了前人的长处，又运用了当时的语法，并且预为后来诗家的先导。他是包罗众长，不专一辙的。虽然陶诗的特色在一淡字，然而并不是枯干的。

二谢与鲍照

谢灵运是第一个从生活上体验山川风景的诗人。他以全副精力描绘云霞草木的精神，使祖国的涧壑林泉雄奥幽深的无穷奇景都暴露在世人眼前，不仅是有创造力的诗人，而且是沉着勇毅的游历家。举一首为例。

猿鸣诚知曙，谷幽光未显。岩下云方合，花上露犹泫。逶迤傍隈隩，迢递陟陉岘。过涧既厉急，登栈亦陵缅。川渚屡径复，乘流玩回转。苹萍泛沉深，菰蒲冒清浅。企石挹飞泉，攀林摘叶卷。想见山阿人，薜萝若在眼。握兰勤徒结，折麻心莫展。情用赏为美，事昧竟谁辨？观此遗物虑，一悟得所遣。（《从斤竹涧越岭溪行》）

看这首诗，未免令人感觉到造句用字有点板重沉闷。在他的时代，开始对古淡的诗文嫌不够味，也就是说不足以应付描绘新题材的需要。所以一时风气需要更工整的句法，更严密的字眼，使诗的形态更加丰富多采。谢氏是这种运动的先驱者，不及后世诗家的灵活，那是无足怪的。正如我们偶然看见唐以前的古画，总是浓厚的，重拙的，一到唐代，就更加纯熟精妙。其发展的次第正相同。

不用说到很远，只看比谢灵运时代稍后的谢朓，已经轻灵多了。试看谢朓的名篇《晚登三山还望京邑》：

> 灞涘望长安，河阳视京县。白日丽飞甍，参差皆可见。余霞散成绮，澄江静如练。喧鸟覆春洲，杂英满芳甸。去矣方滞淫，怀哉罢欢宴。佳期怅何许，泪下如流霰。有情知望乡，谁能鬒不变？

余霞两句，千古传诵，开启了唐代李白的诗派。"喧鸟覆春洲"的"覆"字是再三锤炼出来的。以一个警切的字眼提起全句的精神，也是唐代律诗的共同法则。

谢灵运与谢朓分称大小谢，其实小谢与大谢诗派是不相近的，相近的倒是鲍照。鲍氏与小谢可以合称鲍谢，他们的诗都是飘逸一路，在以前还不曾发现过，试看鲍氏的转韵五言：

> 始见西南楼，纤纤如玉钩。末映东北墀，娟娟似

蛾眉。蛾眉蔽珠栊，玉钩隔绮窗。三五（十五）二八（十六）时，千里与君同。夜移衡汉落，徘徊帷幌中。归华先委露，别叶早辞风。客游厌苦辛，仕子倦风尘。休澣自公日，宴慰及私晨。蜀琴抽白雪，郢曲发阳春。肴干酒未阕，金壶起夕沦。回轩驻轻盖，留酌待情人①。

鲍照的乐府特别是李白的先驱，其一种苍凉慷慨之气全含在华采缤纷之中。举《拟行路难》十八首之二为例。

奉君金卮之美酒，瑇瑁玉匣之雕琴。七彩芙蓉之羽帐，九华蒲萄之锦衾。红颜零落岁将暮，寒光宛转时欲沉。愿君裁悲且减思，听我抵节行路吟。不见柏梁铜雀上，宁闻古时清吹音。

泻水置平地，各自东西南北流。人生亦有命，安能行叹复坐愁？酌酒以自宽，举杯断绝歌路难。心非木石岂无感？吞声踯躅不敢言。

---

① 古人所谓情人多半不是指恋爱的对象，而是指亲密的朋友。

这样的诗已经突破五言的范围，而采取了七言的形式。梁以后不独在诗中，即在赋中也常掺入七言句子。诗赋渐渐合流而变了形态。鲍诗矫健不凡，摆脱拘束，在次首表现得更明显。

六朝民歌

除六朝诗家的诗以外，六朝的民歌在后来的诗坛上也起很大的作用。它们的特色是用时代的语言，坦率地说出两性的情爱，似乎是未经文人润色的，但文人运用这种民歌丰富了六朝诗的彩色情调。下列两首已经成为常用的典故。

碧玉破瓜时，相为情颠倒。感郎不羞难，回身就郎抱。（孙绰《情人碧玉歌》）

桃叶复桃叶，渡江不用楫。但渡无所苦，我自迎接汝。（王献之《桃叶歌》）

六朝著名的有《子夜歌》《前溪歌》《懊侬歌》《长干曲》等，其中有极秀艳的，如：

春林花多媚，春鸟意多哀。春风复多情，吹我罗裳开。（《子夜歌》）

有极泼辣的，如：

黄葛生烂漫，谁能断葛根？宁断娇儿乳，不断郎殷勤。（《前溪歌》）

有极质朴的，如：

我有一所欢，安在深阁里。桐树不结花，何由得梧子？（《懊侬歌》）

有极流利的，如：

逆浪故相邀，菱舟不怕摇。妾家扬子住，便弄广陵潮。（《长干曲》）

以后这些歌曲，一直到唐代还为诗家所常采用的题目，别加一番组织，就成为更美妙的诗了。在六朝末期，出现一首长的歌曲，名为《西洲曲》，作者不可考。其风格是初盛唐的诗家所承袭的。

忆梅下西洲，折梅寄江北。单衫杏子红，双鬓鸦雏色。西洲在何处？两桨桥头渡。日暮伯劳飞，风吹乌臼树。树下即门前，门中露翠钿。开门郎不至，出门采红莲。采莲南塘秋，莲花过人头。低头弄莲子，莲子清如水。置莲怀袖中，莲心彻底红。忆郎郎不至，仰首望飞鸿。鸿飞满西洲，望郎上青楼。楼高望不见，尽日阑干头。阑干十二曲，垂手明如玉。卷帘天自高，海水摇空绿。海水梦悠悠，君愁我亦愁。南风知我意，吹梦到西洲。

谈到这里，不妨举李白的《长干行》相对照。

妾发初覆额，折花门前剧。郎骑竹马来，绕床弄青梅。同居长干里，两小无嫌猜。十四为君妇，羞颜未尝开。低头向暗壁，千唤不一回。十五始展眉，愿同尘与灰。常存抱柱信，岂上望夫台？十六君远行，瞿塘滟滪堆。五月不可触，猿鸣天上哀。门前迟行迹，一一生绿苔。苔深不能扫，落叶秋风早。八月蝴蝶来，双飞西园草。感此伤妾心，坐愁红颜老。早晚下三巴，预将书报家。相迎不道远，直至长风沙（长风沙是个地名）。

《西洲曲》是六朝民歌的加工与组合，转折玲珑，风韵疏秀，唐以后这种诗几乎绝迹了。李诗虽然大体相同，究竟还是李氏本人风格的成分居多。

读者应当特别注意这两首诗的用韵，多多诵读，必能有助于声调的体会，因而格外能领略古典诗歌的美妙。

庾信

齐梁以后，在五言古诗以外，又盛行一种新体诗。所谓新体诗的特征是：（一）篇幅较短，以四韵为最常见。（二）音节对偶较为和谐工整，与唐人的五律相近。（三）题材多半是妇女容饰歌舞，词藻轻艳。在梁陈的宫中，一班文士所作的诗就是这种，号称宫体。

当新体诗盛行之际，又出了一个卓越的诗家——庾信。他的身世一半属于南朝，一半属于北朝。他在侯景乱事中，由建康到了江陵，又由江陵被北周俘入长安，从此将南朝的文风传到北方。以在南方的轻艳文体结合在北方的悲凉身世，产生的作品就完全是崭新的，是不落窠臼的。吸取古人的精华，换上一副新的面目。例如他用阮籍的《咏怀》旧题作了几十首感伤身世的诗，却与阮诗形式绝不相同。举其中一首为例。

寻思万户侯，中夜忽然愁。琴声遍屋里，书卷满床头。虽言梦蝴蝶，定自非庄周。残月如初月，新秋似旧秋。露泣连珠下，萤飘碎火流。乐天乃知命，何时能不忧？

从这里可以看出他用的典故是常见而易懂的，对仗是活泼而不拘形式的，像残月如新月一联特别轻圆流利。六朝诗堆砌词藻的习气，经他的妙笔一挥，就扫荡得所余无几了。

这些还只是从旧体裁出新格调的作品，另外应当看他自己创造的体裁。一是《夜听捣衣》诗 [①]。

---

① 捣衣是古代妇女生活中一个重要项目。裁制衣服是要先将丝绸在石砧上捶打的，声音很动听。

秋夜捣衣声，飞度长门城。今夜长门月，应如昼日明。小鬓宜粟瑱（一种妆饰物），圆腰运织成（锦类）。秋砧调急节，乱杵变新声。石燥砧逾响，桐虚杵绝鸣。鸣石出华阴，虚桐采凤林。北堂细腰杵，南市女郎砧。击节无劳鼓，调声不用琴。并结连枝缕，双穿长命针。倡楼惊别怨，征客动愁心。同心竹叶椀，双去双来满。裙裾不奈长，衫袖偏宜短。龙文镂剪刀，凤翼缠篆管。风流响和韵，哀怨声凄断。新声绕夜风，娇转满空中。应闻长乐殿，判彻昭阳宫。花鬟醉眼缬，龙子细文红。湿折通夕露，吹衣一夜风。玉阶风转急，长城雪应暗。新绶始欲缝，细锦行须纂。声烦广陵散，杵急渔阳掺。新月动金波，秋云泛滥过。谁怜征戍客，今夜在交河？栩阳离别赋，临江愁思歌。复令悲此曲，红颜余几多？

这诗以新体诗衍成转韵，而转韵处都有美妙的承接和轻圆的音调，读起来真像珠走玉盘那样悦耳。例如"鸣石出华阴""同心竹叶椀""新声绕夜风"等句，都是由上一段承接过来而用两句一韵造成音节上的俊快。庾信在他的赋和诗里一贯用这种手法，替唐人的律诗和转韵古诗创开门径。所以杜甫说"清新庚开府"，他的诗可以说漂亮极了，绝无丝毫陈腐之气。

另外一首是《伤王褒》诗：

昔闻王子晋，轻举逐前贤。谓言君积善，还得嗣前贤。四海皆流寓，非为独播迁。岂意中台坼，君当风烛前。自君钟鼎族，江东三百年。宝刀仍世载，珊戈本旧传。绿绂纤槐绶，黄金饰侍蝉。地建忠臣国，家开孝子泉。自能枯木润，足得流水圆。以君承祖武，诸侯无间然。青衿能对日，童子即论天。颍阴珠玉丽，河阳脂粉妍。名高六国重，价重十城连。辩足观秋水，文堪题马鞭。回鸾抱书字，别鹤绕琴弦。拥旄裁甸服，垂帷非被边。静亭空系马，闲烽直起烟。不废披书案，无妨坐钓船。茂陵忽多病，淮阳实未痊。侍医殊默默，神理遂绵绵。永别张平子，长埋王仲宣。柏谷移松树，阳陵买墓田。陕路秋风起，寒堂已飒焉。丘杨一摇落，山火即时然。昔为人所羡，今为人所怜。世途旦复旦，人情玄又玄。故人伤此别，流恨满秦川。定名于此定，全德以斯全。唯有山阳笛，凄余思旧篇。

庾信和王褒都是梁朝旧人，客居长安，晚年分手，悲痛当然不比寻常。这诗将五言古诗变为近似律体的诗，音节对仗都比古诗和谐工整，但又不受拘束，纯任自然，一望而知是老笔颓唐，不暇修饰。愈是这样，愈显情感之真。以体裁而论，就是唐人五言排律的前身。凡长篇的叙事抒情诗，用这种体裁最为适当，使读者不厌其长而唯恐其易尽，杜甫、元稹、白居易、李商隐都善于继承庾信的作风。

杜甫说："庾信文章老更成"，又说："波澜独老成。"诗的老练处就在于富有波澜。以这首诗而论，从开始到"岂意中台坼"一联是一篇的提纲，直接从伤悼说起，开门见山，才可以振起下文追叙生平的一大段话。"自君钟鼎族"一句承上启下，转换无痕，以下全用偶句实写，一排一排，层出不穷，一直写到"永别张平子，长埋王仲宣"。力量雄厚，声调哽咽。柏谷以下，忽用"陕路秋风起"单行的句子加以变化，好像一片浓云密雾，到此被长风驱散，耳目为之豁然。这又是庾信寓散于骈的惯技，所以他的诗文，无论如何华丽，是不板滞的。结句凄恻之极，不忍卒听。起结照应有情，结构疏密相间，这就是所谓波澜的表现。

在政治上，周、隋是南与北、汉与胡文化混一的开端，灿烂簇新的花朵含苞欲放了。庾信可以完全代表这一时期的作风。比他稍后，则隋炀帝时代的诗人薛道衡一辈，更进一步蹈入唐律的领域。他最著名的《昔昔盐》（曲名）一首是不可不注意的。

垂柳覆金堤，蘼芜叶复齐。水溢芙蓉沼，花飞桃李蹊。采桑秦氏女，织锦窦家妻。关山别荡子，风月守空闺。恒敛千金笑，长垂双玉啼。盘龙随镜隐，彩凤逐帷低。飞魂同夜鹊，倦寝忆晨鸡。暗牖悬蛛网，空梁落燕泥。前年过代北，今岁往辽西。一去无消息，那能借马蹄？

唐代赵嘏曾经用这二十句诗每句作为一个题目，成五律二十首，清末王闿运也有仿。

这诗中段全是对句，非常工丽，比庾信带有单句的诗文又进一步接近唐人的律诗了。

初唐

唐诗一般分为初盛中晚四期。初唐指开国至武则天时代，主要是四杰——王勃、杨炯、卢照邻、骆宾王及陈子昂等。盛唐指开元天宝以至大历时代，主要是王维、李白、杜甫等人。中唐指元和时代，主要是元稹、白居易、韩愈等人。晚唐指唐末，主要是李商隐、温庭筠等人。其间名家辈出，不能尽数。大致初唐直接六朝余风，在格律上益求工整，因而奠定了唐诗的基本形式。只有陈子昂一个人力追古朴，不失汉魏气息，所以初唐诗的成分中还有相当的古意。盛唐诸家已到成熟的境界，每人都有不可磨灭的优点，都可以供作模范。中唐则出现革新的运动，打破陈陈相因的老调，各具新的面目。以上是唐诗光辉灿烂的时期。到了晚唐，则小名家多而大家少，只有李商隐一个人规模是比较大的。所以晚唐诗派流于小巧，不像前几个时期那样气力充沛了。

现在就根据上述的要点分别介绍：

初唐四杰的诗文，原是名重一时的。那时正值太宗提倡文学之后，宫廷的影响很大，在形式上追求富艳整齐，从后世的眼光看来，似乎是华而不实的。不过四杰也有他们杰出的地方，尽管承袭这种形式，依然有一种流转自如的气势贯在其中。而且他们对当时的统治阶级多少有些反抗情绪，与后来的大家——杜甫、白居易——殊途同归，在卢照邻的《长安古意》篇中就可以看出[①]。

我们现在专看唐人的律诗是怎样从他们手里形成的，以王勃的一首作代表。

城阙辅三秦，风烟望五津。与君离别意，同是宦游人。
海内存知己，天涯若比邻。无为在歧路，儿女共沾巾。

（《送杜少府之任蜀州》）

这诗开始就以对句而又用引韵起，是唐人律诗中最工整的一种格式，以下平仄无一字不调和，对偶无一字不工切，而又意浅语真，海内一联，至今还是大众传诵的名句。

与四杰同时的沈佺期、宋之问也是初唐期中重要代表。试看沈氏的七律诗。

———————
① 全篇太长从略。

卢家少妇郁金堂，海燕双栖玳瑁梁。九月寒砧催木叶，十年征戍忆辽阳。白狼河北音书断，丹凤城南秋夜长。谁为含愁独不见？更教明月照流黄。（《独不见》）

这已经是唐代正规的七律诗了。开始以海燕双栖反衬夫妇离散，末联意思是明月徒然照到机上的丝织品，而不能照见离人，语意微婉。九月一联对偶灵活，也是名句。

在这里只举出两首，大致可以看出初唐的名诗家是怎样运用词藻而又不受词藻的支配。

王维及其他

唐代诗人都往往能从其作品中推想到他的性情风度。

王维是怎样一个人呢？他自己喜爱书画琴棋，以及音乐舞蹈种种游艺，并且无不精通。性情闲淡，耽好山水，诵经拜佛，不吃荤，不娶妻，确是一个高士，一个雅人。

进一步研究他在艺术上的成就，他的画是有创造性的。他运用水墨法写出天然的景物，摆脱了过去纯用浓厚色彩以及追求形似的习惯，使中国画进入了另一新境界。这与他爱山水、爱禅悦的性情是有关联的。他运用新的画境入诗，又以新的诗境入画，这就是所谓："王维诗中有画，画中有诗"了。

怎样画中有诗，凡是领略过唐宋以来文人画的，大概都能体会到这一点吧！王维以前的画是以实物实事为对象的，不从画家心目中摄取意境。画家心目中所摄取的意境在于苍润深远，错综曲折，要比视线所能接触的更深一层，这就是画中有诗。至于能画的人所作的诗，又必工于写景，仿佛将心目中所摄取的意境用美妙的文字写出，使人神游而不自觉。

怎样才能做到这样呢？王维诗画的手法都不外乎清微淡远四字。清微淡远却不是没有色泽，不过其中有一股清气流行，不凝滞于迹象罢了。举一首诗为例。

青青杨柳陌，陌上别离人。爱子游燕赵，高堂有老亲。不行无可养，行去百忧新。切切委（抛开）兄弟，依依向四邻。都门帐饮毕，从此谢亲宾。挥涕逐前侣，含凄动征轮。车徒望不见，时见起行尘。吾亦辞家久，看之泪满巾。

这诗的结构和词句都简单平凡得很，几乎不会作诗的人也能作得出来，然而就在简单平凡之中显出真挚，这就是淡的妙处。这诗淡到极点了，但王维诗的淡处仍有些烘托，譬如山水画，虽不是大青绿，却是浅绛设色。再看一首七古《同崔傅答贤弟》：

洛阳才子姑苏客，桂苑殊非故乡陌。九江枫树几回春？一片扬州五湖白。扬州时有下江兵，兰陵镇前吹笛声。夜火人归富春郭，秋风鹤唳石头城。周郎陆弟为侪侣，对舞前溪歌白纻。曲几书留小史家，草堂棋赌山阴墅。衣冠若话外台臣，先数夫君席上珍。更闻台阁求三语，遥想风流第一人。

在前八句中一共用了八个地名，仿佛是同着读者神游于吴、越之间，饱览江湖秋色，句中都似乎带有绘画的彩色，也有依微缥缈的音乐声。后八句自周郎以下是说对方兄弟在江南的潇洒生活，又用两件六朝故事来点缀，也使读者想见江左风流。自衣冠以下是颂扬对方的应酬话，说不久要调任京官的意思。这样色泽淡雅明秀，音节舒缓和平的诗，不但以前没有出现过，后来诗人能做到的也很少。终是由于王维的性格高雅，处处表现他的个性，所以每种诗都有他的面目。

再看他的五言排律：

际晓投巴峡，余春忆帝京。晴江一女浣，朝日众鸡鸣。水国舟中市，山桥树杪行。登高万井出，眺迥二流明。人作殊方语，莺为故国声。赖多山水趣，稍解别离情。（《晓行巴峡》）

这诗叙述得也极朴实，但是从晴江以下六句就极尽绘画之能事，俨然是一幅非常工致的蜀道图，断断不能移写别处。这也可以证明画家体验现实，是能抓住要点，不会肤泛的。从"人作殊方语"以下四句意思亦是人人心中所有，而语气冲澹和平，不作过分的刻画，仍是王维本色。王维的诗即使在表达深刻情感的时候，也总不离冲澹和平的本色，下面一首可为佐证。

杨朱来此哭，桑扈返于真。独自成千古，依然旧四邻。闲檐喧鸟鹊，故榻满埃尘。曙月孤莺啭，空山五柳春。野花愁对客，泉水咽迎人。善卷明时隐，黔娄在日贫。逝川嗟尔命，丘井叹吾身。前后徒言隔，相悲讵几

晨。（《过沈居士山居哭之》）

开始是说到此地一哭，故人已经不复见了，以下一层一层写出对景伤情，到了"野花愁对客"一联，凄楚之极，真所谓情景交融了。善卷以下四句方才另外提起，追惜生时遭际之苦，以及自己不能相助之愧歉。结尾两句是说人生都有死的一日，不过迟早之差而已。语意沉痛，而说得从容不迫，所以纯粹是王维的诗。

五绝是最难作的，语意必须有味，而又不能太曲折。王维最擅长这一体，但看人人所熟读的"君自故乡来，应知故乡事。来日绮窗前，寒梅著花未？"及"红豆生南国，春来发几枝。愿君多采撷，此物最相思。"就可见一斑了。

与王维同时交好而诗派大致相同的是孟浩然，合起来称为王孟。不过孟诗境界有限，远不如王之博大，举王可以包孟，而举孟不能包王。

王、孟、高、岑也是往往并举的，但高适、岑参以七言古诗见长，与王、孟实在并非完全一路。他们的古诗都带有讽刺性，而风韵高雅不露锋芒，含蓄有味，却与王维有相近的地方。

试看高适的一首：

我本渔樵孟诸野，一生自是悠悠者。乍可（正可）狂歌草泽中，宁堪作吏风尘下？只言小邑无所为，公门百事皆有期。拜迎官长心欲碎，鞭挞黎庶令人悲。归来向家问妻子，举家尽笑今如此。生事应须南亩田，世情付与东流水。梦想旧山安在哉？为衔君命且迟回。乃知梅福徒为尔，转忆陶潜归去来。

这是他作封丘县尉时的诗，对当时县尉之逢迎长官，欺压平民，都毫不隐讳，表示厌恶。生事一联，也很够沉痛。

再看一首：

汉家烟尘在东北，汉将辞家破残贼。男儿本自重横行，天子非常赐颜色。搉金伐鼓下榆关，旌旗逶迤碣石间。校尉羽书飞瀚海，单于猎火照狼山。山川萧条极边土，胡骑凭陵杂风雨。战士军前半死生，美人帐下犹歌舞。大漠穷秋塞草衰，孤城落日斗兵稀。身当恩遇常轻敌，力尽关山未解围。铁衣远戍辛勤久，玉箸应啼别离后。少妇城南欲断肠，征人蓟北空回首。边庭飘飘那可度？绝域苍茫更何有。杀气三时作阵云，寒声一夜传刁

斗。相看白刃血纷纷，死节从来岂顾勋。君不见沙场征战苦，至今犹忆李将军。（《燕歌行》）

战士一联，讽刺之强烈不言而喻。据他自己说，此诗作于开元二十六年。按前一年，张守珪与契丹作战，岑氏据从军归来的人所传述而作此诗，不但是反抗黩武主义的表示，而且是对不顾百姓疾苦、贪图立功受赏的边将加以谴责。与上述一首都是天宝乱前内政边防腐朽崩溃的预征。王维是个雍容华贵的京官，不见得会感觉到，而高适、岑参却在外边饱经忧患，所以在和平的音节中已经寓有激昂之意了。

再举岑参的《白雪歌送武判官归京》为例。

北风卷地白草折，胡天八月即飞雪。忽如一夜春风来，千树万树梨花开。散入珠帘湿罗幕，狐裘不暖锦衾薄。将军角弓不得控，都护铁衣冷难著。瀚海阑干百丈冰，愁云惨淡万里凝。中军置酒饮归客，胡琴琵琶与羌笛。纷纷暮雪下辕门，风掣红旗冻不翻。轮台东门送君去，去时雪满天山路。山回路转不见人，雪上空留马行处。

这首诗大体是两句一转韵的，在适当的地方却仍是四句一韵，好像急管繁弦之中，偶然也停顿一下。这样就变化莫测，不至于单调了。抒写悲伤激切的感情，这是最适宜的。

李白

假如王维的诗有佛教成分，那么，李白的诗就有道教成分，王维是诗禅，李白是诗仙。诗有仙气，总是非人力所能强为的。不过李白也仍有他的师承所自，一是鲍照，一是谢朓，细读他们的诗，就可以看出。总而言之，可以证明唐人的诗总离不开六朝的影响，只是唐代的名家能吐弃六朝的糟粕而推陈出新罢了。李白的《古风》里自己说："自从建安来，绮丽不足珍。"足见他不甘心为六朝所困。然而他又说："解道澄江静如练，令人长忆谢玄晖。"又何尝不露出对谢朓的倾倒呢？

李白的大部分生命在安史之乱前，眼见过开元盛世，漫游各处，对于祖国山川的壮丽有无限的爱慕深情。他的模山范水，虽本于谢灵运，而大变其面目，写来带着横逸凌云之气。游山诗到了这步田地，平庸的作手就不能替一词了。他的《庐山谣寄卢侍御》一首是代表作。

我本楚狂人，凤歌笑孔丘。手持绿玉杖，朝别黄鹤楼。五岳寻仙不辞远，一生好入名山游。庐山秀出南斗傍，屏风九叠云锦张。影落明湖青黛光，金阙前开二峰长，银河倒挂三石梁。香炉瀑布遥相望，回崖沓嶂凌苍苍。翠影红霞映朝日，鸟飞不到吴天长。登高壮观天地间，大江茫茫去不还。黄云万里动风色，白波九道流雪山。好为庐山谣，兴因庐山发。闲窥石镜清我心，谢公（谢灵运）行处苍苔没。早服还丹（仙丹）无世情，琴心三叠道初成。遥见仙人彩云里，手把芙蓉朝玉京。先期汗漫九垓上，愿接卢敖游太清[①]。

他的诗不仅反映个人的生活思想，也反映时代，下列《忆旧游寄谯郡元参军》即是一例。以诗而论，也是李白集中最完美的。

忆昔洛阳董糟丘，为余天津桥南造酒楼。黄金白璧买歌笑，一醉累月轻王侯。海内贤豪青云客，就中与君心莫

---
① 语出《庄子》，借以点出所寄之人。用典灵活。

逆。回山转海不作难，倾情倒意无所惜。我向淮南攀桂枝，君留洛北愁梦思。不忍别，还相随。相随迢迢访仙城，三十六曲水回萦。一溪初入千花明，万壑度尽松风声。银鞍金络到平地，汉东太守来相迎。紫阳之真人，邀我吹玉笙。餐霞楼上动仙乐，嘈然宛似鸾凤鸣。袖长管催欲轻举，汉中太守醉起舞①。手持锦袍覆我身，我醉横眠枕其股。当筵意气凌九霄，星离雨散不终朝，分飞楚关山水遥。余既还山寻故巢，君亦归家渡渭桥。君家严君勇貔虎，作尹并州遏戎虏。五月相呼渡太行，摧轮不道羊肠苦。行来北京②岁月深，感君贵义轻黄金。琼杯绮食青玉案，使我醉饱无归心。时时出向城西曲，晋祠流水如碧玉。浮舟弄水箫鼓鸣，微波龙鳞莎草绿。兴来携伎（妓）恣经过，其若杨花似雪何！红妆欲醉宜斜日，百尺清潭写翠娥。翠娥婵娟初月辉，美人更唱舞罗衣。清风吹歌入空去，歌曲自绕行云飞。此时行乐难再遇，西游因献《长杨赋》。北阙青云不可期，东山白首还归去。渭桥南头一遇君，酂台之北又离群。问余别恨今多少，落花春暮争纷纷。言亦不可尽，情亦不可及。呼儿长跪缄此辞，寄君千

---

① 一作："汉东太守酣歌舞。"

② 亦作北凉。

里遥相忆。

读这首诗，料想无人不感觉到豪放秀丽兼而有之，较前一首更丰富，更宏远。何以能如此呢？他的手法有以下几点。一是利用长短不同的句法，显出参差历落的风致。一是在笔墨酣畅的时候，连用一韵，重叠数句，显出浓厚缠绵的情味。一是在开宕飘扬的时候，用平仄相间的转韵法，写得格外俊逸轻圆。细玩"时时出向城西曲"以下八句，就知道这诗的美妙在于层层转换，语语引人入胜，波澜不竭，仪态万方，一点不拘束，一点不冗蔓，情感和言词融成了一片。不但是李诗中的上品，也是正规七言古诗的模范。

李白的律诗多数不是正规的，以他的奇气不可一世，当然不守故常，所以往往可读而不可学。但其一气灌注、飘然不群的精神总是值得取法的，例如《夜泊牛渚怀古》一首：

牛渚西江夜，青天无片云。登舟望秋月，空忆谢将军①。余亦能高咏，斯人不可闻。明朝挂帆席，枫叶落

① 此地即谢尚闻袁宏咏史处，事见《世语》。

纷纷。

四联中无一对句，而又无一句不协平仄，的确是一首五律无疑。可见律诗的定义，第一是声调谐婉，中间有无对仗，还不是必要的条件。这诗妙处在于一气吐出，毫无停滞，而结句意思更能推宕得远阔，不着迹象，真所谓神来之笔。

李白诗中美不胜收的，还是七绝。他的七绝完全以飘逸而自然见长，别人要含蓄，而他只直说，别人讲修饰，而他只随意。即如《永王东巡歌》中之一：

　　　　三川北虏乱如麻，四海南奔似永嘉。
　　　　但用东山谢安石，为君谈笑静胡沙。

在这种诗里表现诗人的关心民族存亡，怀着忠爱的热忱，诗也带着奔放的热情，不求好而自然可贵。

在纪游诗中，另有一种清逸的气韵，如《峨眉山月歌》：

　　　　峨眉山月半轮秋，影入平羌江水流。

夜发清溪向三峡，思君不见下渝州。

想见他作诗的时候，只是脱口而出，由山间的秋月想到江水，由江水想到行踪，不加组织，而仍然有连贯，有层次。王世贞说：二十八字之中，占去五个地名，在别人作起来，就不免着痕迹了。李白之所以能这样作而愈觉神妙，就是因为他不是故意堆砌而是妙语天成。又如《游洞庭》之一：

洞庭西望楚江分，水尽南天不见云。
日落长沙秋色远，不知何处吊湘君。

杨慎也指出二十八字之中，前云不见，后云不知，而不觉其重复。在后来的诗家必定要设法避免，而盛唐大家却只要流畅，不在乎这些拘忌。可见规律诗自规律，运用起来还要灵活，有时即使比这更严重的毛病都可以不拘。试想这诗不见不知两处都是不能改的，不见云三字或者还可以改，然而一改就不像李白的诗了。

李白的五绝表现同等的自然境界。例如：

天下伤心处，劳劳送客亭。春风知别苦，不遣柳条青。
划却君山好，平铺湘水流。巴陵无限酒，醉杀洞庭秋。

前诗深婉，后诗明快，后诗更是李白的本色，四句用四个地名，也与《峨眉山月歌》同样不觉堆砌。至于

玉阶生白露，夜久侵罗袜。却下水精帘，玲珑望秋月。

却是寓虚于实，寓情于景，与李白平日轻空的手法不同，而含情不露，温柔敦厚，向上说去，是六朝艳曲的余响，向下说去，又是五代小令的先声。

杜甫

杜甫比李白生年稍晚，虽然也曾亲见开元盛世，而大部分的作品都出于安史之乱后。凡是他的名篇，直接为生民疾苦呼吁，像《三吏》《三别》都已为大众所熟知。现在将他的特点综合作一简述如下。

第一，他的诗都是有为而作的。他的思想以儒家的"仁"为出发点，自伦理关系，乃至一切动植物，都抱有不

同程度的热爱。在诗中所表现的"忧国忧民"以及"愤世嫉俗"，几乎触目皆是，指不胜屈。即使在个人遭遇困苦的时候，还是不忘推己及人。在《茅屋为秋风所破歌》中所谓："安得广厦千万间，大庇天下寒士俱欢颜，风雨不动安如山！呜呼，何时眼前突兀见此屋，吾庐独破受冻死亦足！"表现得极其强烈。推而至于为一个打枣子的老妇受了邻居的干涉而作出下列的诗：

堂前扑枣任西邻，无食无儿一妇人。不为困穷宁有此？只缘恐惧转须亲。即防远客虽多事，便插疏篱却甚真。已诉征求贫到骨，正思戎马泪盈巾。（《又呈吴郎》）

由老妇之贫困而想到征税之繁苛，由征税之繁苛而想到战争之痛苦，不是由于天性之悱恻，怀抱之深远，怎肯为这种琐事而浪费笔墨呢！无论在以前或后世的诗集中都找不出这样的题材，而这样的诗也是后世诗人们所不甚赞赏的。

他在应酬赠答的诗篇中，总不忘对朋友的劝勉，如《吾宗》一首：

吾宗老孙子，质朴古人风。耕凿安时论，衣冠与世同。在家常早起，忧国愿年丰。语及君臣际，经书满腹中。

其中在家的两句何等平实而亲切！

推而至于物类，也因为关怀生民疾苦而激发深厚的同情心，所以在《又观打鱼》一诗中说："干戈兵革斗未止，凤皇麒麟安在哉！吾徒胡为纵此乐，暴殄天物圣所哀。"这是对贪口腹、残生命的人作严正的谴责。《苦竹》一首云："轩墀曾不重，翦伐欲无辞。幸近幽人屋，霜根结在兹。"这是对任何微弱的生物都表示爱护而不愿摧残。

第二，他的诗就是他的全部生活。在一天的生活中，天气的寒暑阴晴，个人的起居饮食，友朋的过从来往，以及一切所见所闻怀念感想，都是诗的材料。诗就等于他的日记，有时还等于他的笔谈，例如：

客里何迁次，江边正寂寥。肯来寻一老，愁破是今朝。
忧我营茅栋，携钱过野桥。他乡唯表弟，还往莫辞遥。

（《王十五司马弟出郭相访兼遗营草堂资》）

此外有谢人送钱送礼的诗，有请人吃酒的诗，有向人索赠品的诗，有向人索债的诗。杜集中这样信笔挥洒的诗颇不少，可以想见他真是以诗为性命！无一事不能用诗来表达。

第三，他一生的作品非常繁富，然而并不像其他诗人以一篇一句自矜得意。其他诗人可能像一曲清溪，萦回映带，使人爱不忍释。杜诗却是长江大河，不择细流，挟泥沙而俱下，有时水波不兴，有时惊涛骇浪，有时曲岸平沙，有时浩渺无际。欣赏杜诗必须全面来看，而不能举出某一点特长说这就是杜诗的妙处。并且与其说杜诗的巧妙处多，还不如说拙厚处多。不但在他的信笔挥洒之作，显出滞拙的迹象，即使在他的名篇里也可以发现不妥而费解的字句。他并不是不能避免拙处，只是不肯为了过于求工而反落平凡庸俗的窠臼罢了。

第四，杜诗无体不备，也无一不有其独到之处。首先以七古而论，四杰的繁富，王维的华妙，李白的豪逸，境界都只有一偏，而杜甫却综合起来，冶为一炉，再加上自己的健朴的笔力作为骨干，精神面目就都迥然不同了。不但如此，他遇着相类似的题目，仍有不同的写法，波澜不竭，格局也无一相似。唐诗的七古到了杜甫才成为诗中一种主要体裁，全部气力用在这种体裁上。其次是五律，杜诗的五律具有与古人不同的面目，一是合数十首为一组，如《游何将军山林》及《秦州杂诗》之类，一是题目可小可大，小至咏物，大至感怀时事，都可出之以五律，所以他的五律，雄浑细腻，兼而有之，变化无穷。再其次是五排，这是从他的祖父杜审言传来的长技，能将五律衍成长篇，叙事繁复，抒情绵密，用笔开合跳荡，多至百韵。古人从无此种巨制，后来也只有元、白可以抗衡。至于七律与七绝，似乎不是杜甫十分擅长的，因为他的骨格坚老，笔势重厚，比起别家的作品，似乎不够华妙宛转。所以他作此种体裁，往往运用别调而不循正轨。两者之中，七律的变化还多些，也不少秾纤适中、情韵不竭之作。只有七绝，几乎与过去各名家的七绝不相似。最后谈到五古，原来也是杜诗中重要成分。以前各家的五古都是直接取法于汉魏六朝的，不能有什么新样。这个原因极为简单，唐诗中的七古、七律、五律等都是唐人自己发展的新体，唯有五古是从古相沿下来的旧规模，所以也没有人想加以变化。杜甫却不肯囿于已成的局势，他所开辟的新途径是合古诗、乐府、陶、谢、鲍、庾各种精华，而以自己所独具的雄健厚重的笔法重加熔铸，不但面目全与其他唐人诗家不同，就是他所撷取的精华，也很难辨别其源流所自。

我们最好从他自己的诗里看他对过去诗人的态度。很明显，他对于陶、谢、鲍、庾是佩服的，所以他受这四家的影响较深，于陶取其淡远，于谢取其厚重，于鲍取其劲健，于庾取其新秀。四家的长处合起来也就是杜氏的长处。然而他对于与自己诗派不相近的也并不排斥，连六朝末期不甚知名的阴铿都加以赞美，对初唐四杰也寄以极端尊重，陈子昂更不待言，同时先辈及朋友如李邕、王维、孟浩然、李白、高适、岑参、元结一班人都有或浅或深、或直接或间接的交谊，当然他们的诗也是杜氏所许可的，多少不能不受他们的影响，这又是杜诗兼容并包、气象博大的原因。

现在应当再将杜氏一生诗境的变迁略加讨论。杜氏少年漫游时代的诗未必还有留存的，就现在所存的诗而论，应当以安史之乱前为第一期。这一期中，杜氏身在长安，既无所遇合，又亲见上下酖嬉，大乱将至。在歌赏欢娱之中已经饱含忧时之意，不过诗的格调大致还近于精深华妙一路，以风神见长。第二期是安史之乱后，辗转长安附近，以至寓居秦州同谷，多述乱离中的苦况，讽刺时事的作品，如《三吏》《三别》都在这一期中。第三期是由陇入蜀的经过，所作大都是纪行之作，诗格坚苦刻露，与生活环境相应。第四期是入蜀以后，这一期约占六年，有时在成都，有时在东川。生活较为安定，诗的数量也大为增加，风调也更繁富广阔。第五期是寓居夔州的三年，这时是杜氏的壮盛时期已经过去，菁华消竭，渐入老境，再没有新的发展，只将已有的成就重加精炼，等于年老的廉颇马援，还有上马顾盼的气概。最后第六期是出峡入湘的三年，这时的诗，也就不甚经意。然而愈不经意，愈显老成。诗境到此，也就臻峰造极，无可再进了。

韩愈　柳宗元

到了盛唐、中唐之间，兴起了一种大历诗派，上文引述过的刘长卿也是其中之一。大历诗派的特征是继承发挥王维的华秀风格，他们的七古、七律、七绝中都有些名作，以诗的面貌论，是美的，但内容未免空虚。而且摹仿得太多，成了定型的腔调，也未免令人生厌，所以不久就普遍产生一种反响，就是元和的革新运动。

元和时代一个文学界的革新运动家——韩愈——是不可忽视的。他的影响在当时不如白居易之大，但在宋以后却长时期占了很重要的地位。专以诗而论，他的特点是以散文的句调入诗，以作散文的方法作诗，这是一种新的尝试。例如在《符读书城南》这一首中有下列各句："木之就规矩，在梓匠轮舆。人之能为人，由腹有诗书。读书勤乃有，不勤腹空虚。欲知学之力，贤愚同一初。由其不能学，所入遂异闾。"但是这样的诗能不能算好呢？当然不能。如果这样，就只能算有韵的散文罢了。他的本领当然不止于此，本书以前所引述的《山石》一首，才真正是诗，却没有一般唐代诗家过于追求华靡和平易的两种流弊。他一方面真朴而不华，一方面拗健而不平，韩诗的好处大概可以这样包括了。

另一方面，他对于当时流行的诗体也并不完全反对，并不是首首诗都要出奇制胜。例如下列的律诗：

一封朝奏九重天，夕贬潮阳路八千。欲为圣明除弊事，肯将衰朽惜残年！云横秦岭家何在？雪拥蓝关马不前。知汝远来应有意，好收吾骨瘴江边。（《左迁至蓝关示侄孙湘》）

这不平易浅近和白居易的诗也差不多吗？

韩愈提出"文从字顺"的主张，本来是对当时文苑颓风的一种纠正运动。一方面对大历诗派所养成的肤廓习气加以扫荡，一方面将当时散漫芜杂的文体加以范围，名为复古，其实含有革新的意义。不过他既然不肯随俗，要"词必己出"，所以"硬语盘空"就成为他的诗派特征，久而久之，与浅出的元、白形成两条显然不同的路线。特别是他的好友孟郊，专以清矍的词句表艰苦的心情，像"秋月颜色冰，老客志气单。冷露滴梦破，峭风梳骨寒"充分表现过于求深求奇的意图。至于另一好友卢仝，作了一首长的月蚀诗刺讥当局，更是满纸光怪陆离，使人不能卒读。这样的生硬作法，无怪不能像元、白的诗那样合于大众的胃口了。

另外还有一个与韩愈同称古文大家的柳宗元，他的诗以精悍淡雅著。举古诗一首为例。

秋气集南涧，独游亭午时。回风一萧瑟，林影久参差。始至若有得，稍深遂忘疲。羁禽响幽谷，寒藻舞沦漪。去国魂已远，怀人泪空垂。孤生易为感，失路少所宜。索寞竟何事，徘徊只自知。谁为后来者？当与此心期。（《南涧中题》）

细玩起来，是深深得力于六朝五言诗的，但又脱去模仿的痕迹。意深而语淡，情苦而气和，却为韩诗所不能及。

他的七绝也饶有风韵。例如：

宦情羁思共凄凄，春半如秋意转迷。山城过雨百花尽，榕叶满庭莺乱啼。（《柳州二月》）

破额山前碧玉流，骚人遥驻木兰舟。春风无限潇湘意，欲采蘋花不自由。（《酬曹侍御过象县见寄》）

按他的遭际来说，诗的情感应该是表现得很露骨的，然而词意又如此柔婉，所以是诗人的诗。

还有一个与韩愈约略同时也有独创性的诗人是李贺，他的诗更是冷隽不与人同的，其风韵很像古时的宫锦，古色古香而不能裁作时装。亦举一例：

茂陵刘郎秋风客，夜闻马嘶晓无迹。画栏桂树悬秋香，三十六宫土花碧。魏官牵车指千里，东关酸风射眸子。空将汉月出宫门，忆君清泪如铅水。衰兰送客咸阳道，天若有情天亦老。携盘独出月荒凉，渭城已远波声

小。① （《金铜仙人辞汉歌》）

元和时代，出色的诗人不少，这是因为当时的社会需要新鲜的作品才能满足日益加强的欣赏能力。不过影响不太大的就不必多叙了。

白居易　元稹

白居易、元稹两人的诗是不能分开讨论的。他们两人生当元和时代（唐宪宗），正是知识分子通过科举关系争取政治地位最热烈的时期，社会上也期待新的文艺作品，以符合新的需要。他们特别抓住了群众心理，以通俗的体裁，对当时不合理的事物发出反抗的鸣声。以诗而论，无论在当时，在后世，都起了巨大的反应。

他们两人同登制科，以后得到建言的机会，就立志主持正义与小人作斗争。在这一时期，他们的诗充满了热情，在他们自述的经历中也很令人同情他们的刚正性格。我们读元、白的诗，这是首先应当注意的。元稹任监察御史，

① 这诗咏汉武帝时所铸造的承露仙人被魏明帝移去，相传仙人眼中有泪。这是暗寓唐朝将衰亡的忧虑。

得罪了权幸，贬谪到江陵。在赴江陵的路途上吟咏的篇章不少，白居易看了之后，都有和诗，现在选取白和元的《阳城驿》一首，以便开始研究二人的风格。

商山阳城驿，中有叹者谁？云是元监察，江陵谪去时。忽见此驿名，良久涕欲垂。何故阳道州，名姓同于斯？怜君一寸心，宠辱誓不移。疾恶若"巷伯"，好贤如"缁衣"。沉吟不能去，意者欲改为。改为避贤驿，大署于门楣。荆人爱羊祜，户曹改为辞。一字不忍道，况兼姓呼之？因题八百言，言直文甚奇。诗成寄与我，锵若金和丝。上言阳公行，友悌无等夷。骨肉同衾裯，至死不相离。次言阳公迹，夏邑始栖迟。乡人化其风，少长皆孝慈。次言阳公道，终日对酒卮。兄弟笑相顾，醉貌红怡怡。次言阳公节，謇謇居谏司。誓心除国蠹，决死犯天威。终言阳公命，左迁天一涯。道州炎瘴地，身不得生归。一一皆实录，事事无孑遗。凡是为善者，闻之恻然悲。道州今已矣，往者不可追。何世无其人？来者亦可思。愿以君子文，告彼大药师。附于雅歌末，奏之白玉墀。天子闻此章，教化如法施。直谏从如流，佞臣恶如疵。宰相闻此章，政柄端正持。进贤不知倦，去邪勿复疑。宪臣闻此章，不敢怀依违。谏官闻此章，不忍纵诡随。然后告史氏，旧史有前规。若作阳公传，欲令后世知。不劳叙世家，不用费文辞。但于国史上，全录元稹诗。

　　阳城是德宗时代的人，因攻击裴延龄而遭贬斥，所以元稹见了与他姓名相同的地名而发生感慨，主张为尊敬阳城而避讳改为"避贤驿"。元诗颇冗长，词句也不十分清顺，看得出他早年之作还有些近于李贺的好怪地方①。而白诗却已经形成了自己的风格，句法整齐，层次分明，用字恰当，命意浅显。特别在末了一段中，分别规戒君主、宰相、宪臣、谏官，严正而有力，深挚而有情，读者焉有不易于受感动之理？以和诗与原诗相比，和诗更扼要、更深刻，这也可见古人唱和不是要雷同，而是要互相补充。又全诗除"疾恶若'巷伯'，好贤如'缁衣'"②采用成语以外，不用典故，也是他的特色。

---

① 原诗太长，不录。
② 《巷伯》《缁衣》是《诗经》中两个篇名。《巷伯》指斥："谗人罔极，交乱四国。"《缁衣》说："缁衣之好兮，敝予又改造兮。适子之馆兮，还予授子之粲兮。"

这个诗题在后来的杜牧诗集中也有一篇七律。

益戆由来未觉贤，终须南去吊湘川。当时物议朱云小，后代声华白日悬。①邪佞每思当面唾，清贫长欠一杯钱。驿名不合轻移改，留警朝天者惕然。

杜牧的风格不同于白居易，是显然易见的。他以矫健警切见长。首句暗用汲黯故事，意思说直臣终是难容，次句暗用贾谊故事，说不免迁谪。第三、四句说虽不为当时所重而引起后代的追思。第五、六句再描写阳城劲直清廉的性格。结句推翻元稹的主张，他认为与其改名，还不如仍用原名，倒可以使过路的人有所警惕。可见同样的诗题可以有不同的意思，不同的作法。

乐府本来是古代的歌曲，汉魏以后，往往用古乐府的旧名，模仿成诗，殊少新意。到了元稹，受了杜甫《悲陈陶》《哀江头》《兵车》《丽人》等篇的启发，毅然打破窠臼，直接采取当时的实事，仿古乐府的作法，反复抒写悲

---

① 朱云是汉代的一个直臣，朱云白日是一虚一实作为对仗，不合规律，这种作法名为借对。因为单就字面看，朱对白，日对云，还是合规律的。

愤之怀，才是真正反映时代的诗，而开辟了新的另一境界。白居易与元稹志同道合，又作了一套新乐府，和《秦中吟》。白氏这一种新体裁是元、白空前的成功。

受杜甫影响最深的还是元稹，他曾有诗称赞杜甫说："怜渠直道当时语，不著心源傍古人。"这是他从一切诗人中看到杜甫的特长。他追步杜甫的后尘，取其精神而不袭其形式，比别人学杜甫的更觉高出一筹。

元、白二人影响当时最深切的作品，似乎还不仅是新乐府，而是元的《连昌宫词》《望云骓歌》，白的《霓裳羽衣歌》《长恨歌》《琵琶行》。后两篇是大众传诵的，用不着细谈了。以立意的严正和遣词的华妙来说，《连昌宫词》更在《长恨歌》之上。这种诗用耳目切近的题材，讽刺时事，而又宛转关情，使读者百回不厌，无怪当时有元才子之称。

元、白二人之创造新体诗而获得巨大成就，是由于两人年岁、志趣、行止、遇合、交游之大抵相同，互相和答，层出不穷，在社会上引起广大而深厚的兴趣。所以了解他们的诗应当先了解他们的关系，而他们的关系又最好莫过他们自己的说明。白居易有五言排律一百韵，寄给元稹，以诗代书札，也是元和新体之一种。诗虽冗长，因为一般选本都不采入，所以仍有介绍的必要。

忆在贞元岁，初登典校司。身名同日授，心事一言知（贞元中与微之同登科第，俱授秘书省校书郎，始相识也）。肺腑都无隔，形骸两不羁。疏狂属年少，闲散为官卑。分定金兰契，言通药石规。交贤方汲汲，友直每偲偲。有月多同赏，无杯不共持。秋风拂琴匣，夜雪卷书帷。高上慈恩塔，幽寻皇子陂。唐昌玉蕊会，崇敬牡丹期（唐昌观玉蕊崇敬寺牡丹花时，多与微之有期）。笑劝迂辛酒，闲吟短李诗（辛大立度性迂嗜酒，李二十绅形短能诗，故当时有迂辛短李之号）。儒风爱敦质，佛理赏玄师（刘三十二敦质雅有儒风，庾七玄师谈佛理有可赏者）。度日曾无闷，通宵靡不为。双声联律句，八面对宫棋（双声联句，八面宫棋，皆当时事）。往往游三省，腾腾出九逵。寒销直城路，春到曲江池。树暖枝条弱，山晴彩翠奇。峰攒石绿点，柳宛麴尘丝。岸草烟铺地，园花雪压枝。早光红照耀，新溜碧逶迤。幄幕侵堤布，盘筵占地施。征伶皆绝艺，选伎悉名姬。粉黛凝春态，金钿耀水嬉。风流夸堕髻，时世斗啼眉（贞元末城中复为堕马髻，啼眉妆也）。密坐随欢促，华樽逐胜移。香飘歌袂动，翠落舞钗遗。筹插红螺椀，觥飞白玉卮。打嫌调笑易，饮讶卷波迟（抛打曲有《调笑令》，饮酒曲有《卷白波》）。残席喧哗散，归鞍酩酊骑。酡颜乌帽侧，醉袖玉鞭垂。紫陌传钟鼓，红尘塞路歧。几时曾暂别，何处不相随？荏苒星霜换，回还节候催。两衙多请告，三考欲成资。运启千年圣，天成万物宜。皆当少壮日，同惜盛明时。光景嗟虚掷，云霄窃暗窥。攻文朝矻矻，讲学夜孜孜。策目穿如札（时与微之结集策略之目，其数至百十），锋毫锐若锥（时与微之各有纤锋细管笔携以就试，相顾辄笑，目为毫锥）。繁张获鸟网，坚守钓鱼坻（谓自冬至夏，频改试期，竟与微之坚待制试也）。并受夔龙荐，齐陈晁董词。万言经济略，三策太平基。中第争无敌，专场战不疲。辅车排胜阵，犄角搴降旗（并谓同铺席共笔研）。双阙纷容卫，千僚俨等衰（谓制举人欲唱第之时也）。恩随紫泥降，名向白麻披。既在高科选，还从好爵縻。东垣君谏诤，西邑我驱驰（元和元年同登制科，微之拜拾遗，予授盩厔尉）。再喜登乌府，多惭侍赤墀（四年微之复拜监察，予为拾遗学士也）。官班分内外，游处遂参差。每列鹓鸾序，偏瞻獬豸姿。简威霜凛冽，衣彩绣葳蕤。正色摧强御，刚肠嫉喔咿。常憎持禄位，不拟保妻儿。养勇期除恶，输忠在灭私。下韝惊燕雀，当道慑狐狸。南国人无怨，东台吏不欺（**微之使东川奏冤八十余家，诏从而平之，因分司东都**）。理冤多定国，切谏甚辛毗。造次行于是，平生志在兹。道将心共直，言与行兼危。水暗波翻覆，山藏路险巇。未为明主识，已被倖臣疑。木秀遭风折，兰芳遇霢萎。千钧势易压，一柱力难支。腾口因成痏，吹毛遂得疵。忧来吟贝锦，谪去咏江蓠。邂逅尘中遇，殷勤马上辞。贾生离魏阙，王粲向荆夷。水过清源寺，山经绮季祠。心摇汉皋珮，泪堕岘亭碑（**并途中所经历者也**）。驿路缘云际，城楼枕水湄。思乡多绕泽，望阙独登陴。林晚青萧索，江平绿渺弥。野秋鸣蟋蟀，沙冷聚鸬鹚。官舍黄茅屋，人家苦竹篱。白醪充夜酌，红粟备晨炊。寡鹤摧风翮，鳏鱼失水鬐。暗维啼渴旦，凉叶坠相思（**此四句兼含微之鳏居之思**）。一点寒灯灭，三声晓角吹。蓝衫经雨故，骢马卧霜羸。念涸谁濡沫，嫌醒自歠醨。耳垂无伯乐，舌在有张仪。负气冲星剑，倾心向日葵。金言自销铄，玉性肯磷缁。伸屈须看蠖，穷通莫问龟。定知身是患，应用道为医。想子今如彼，嗟予独在斯。无憀当岁杪，有梦到天涯。坐阻连襟带，行乖接履綦。润销衣上雾，香散室中芝。念远缘迁贬，惊时为别离。素书三往复，明月七盈亏（自与微之别经七月，三度得书）。旧里非难到，馀欢不可追。树依兴善老，草傍静安衰（微之宅在静安坊西，近兴善寺）。前事思如昨，中怀写向谁？北村寻古柏，南宅访辛夷（开元观西北院，即隋时龙村佛堂，有古柏一株，至今存焉。微之宅中有辛夷两树，常与微之游息其下）。此日空搔首，何人共解颐！病多知夜永，年长觉秋悲。不饮长如醉，加餐亦似饥。狂吟一千字，因使寄微之。

从开始起到交贤一联，说两人交谊之由来。从有司皆同赏以下，说京城中游赏之乐。从"运启千年圣"以下，说元和初年，同登制科，各授官秩，踪迹遂分。从"每列鹓鸾序"以下，说元稹当官正直，致遭贬斥。从"贾生离魏阙"以下，说元稹到江陵之凄凉屈抑。从"想子今如彼"以下，说自己在京城，感旧伤离，因而作此诗。明白如话，宛转多情，真是长篇中之绝唱。想来用同一的韵脚再作一首是不可能的，但元稹的和诗竟然能与原作针锋相对，旗鼓相当。由于篇幅关系，不能介绍了。

元稹的诗工于写情，以绮丽的渲染，清微的风韵写两性间的至情，也是前无古人的，例如：

山泉散漫绕阶流，万树桃花映小楼。

闲读道书慵未起，水晶帘下看梳头。

风弄花枝月照阶，醉和春睡倚香怀。

依稀似觉双环动，潜被萧郎卸玉钗。

半欲天明半未明，醉闻花气睡闻莺。

猧儿撼起钟声动，二十年前晓寺情。

　　他少年时代的恋爱史都在他的《会真诗》和《梦游春曲》中坦白说出，就文学性而论，他的言情之作既不同于六朝宫体的刻板无味，也远不似后世香奁的浮薄轻佻。

　　总的说来，元、白诗的特色如下：

　　（一）诗中有议论。本来诗与议论是判然两件事，诗要含蓄，议论要痛快，诗要美妙，议论要明白。带议论的诗不能没有陈腐气息，即使不陈腐，至少也使人感觉不喜爱。但他们的讽谕一类的诗，由于取材广泛，渲染得宜，措词敏妙（像白居易的《上阳人》一篇正是这样的代表），议论就寓在咏叹之中，或者先是写故事的诗，而后曲终奏雅，归于正大的议论（像元稹的《连昌宫词》一篇就是这样的代表），所以读者不但不嫌其古板，而且一读一移情。这不但前人所未有，后人始终不能赶上。

（二）发明新的形式。除新乐府以外，又添出半古半律的诗，长排律而且和韵的诗，半律半绝的诗，不拘对偶的律诗等等。即以七言古诗而论，像《长恨歌》与《连昌宫词》的形式也是以前所无的，以前还没有完全叙事的长篇歌行。

（三）音节特别美妙，词句特别清新。白居易曾在夜中吟唱元稹的律诗，因而赋三十韵记其事，其中有云："昨夜江楼上，吟君数十篇。词飘朱槛底，韵堕绿江前。清楚音谐律，精微思入玄。收将白雪丽，夺尽碧云妍。"正是描摹元诗的音节词句的美妙清新，在朗吟的时候特别悦耳。其实这种特长，也正是元、白二人所同具的。而当时的群众也都要求这样漂亮、流利的诗，除少数士大夫外，没有人再喜欢典重古奥的诗。所以他又说："雁感无鸣者，猿愁亦悄然。交流迁客泪，停住贾人船。暗被歌姬乞，潜闻思妇传。斜行题粉壁，短卷写红笺。"他们的诗风行一时，乃是实录，并非虚语。

（四）不厌繁复，只求清楚。白诗特别注重这一点，所以他的诗好像都是平易近人不是苦吟而出的。因此后人总觉得白诗太浅、太率、太轻易。宋人不赞成这样的诗，所以苏轼说"元轻白俗"，元轻是说元诗轻浮，白俗是说白诗浅俗。宋人虽也有佩服白居易的，不过只喜欢他那种恬淡闲适的风味，而不是喜欢他的诗法。

白居易晚年与刘禹锡往来最密，唱和最多。刘氏的诗，精工的往往犹在白氏之上，特别是七古。下面便是一篇代表作，在全部唐诗中可以说这是正规的七古，可作模范的。

泰娘家本阊门西，门前绿水环金堤。有时妆成好天气，走上皋桥折花戏。风流太守韦尚书，路傍忽见停隼旗。斗量明珠鸟传意，绀幰迎入专城居。长鬟如云衣似雾，锦茵罗荐承轻步。舞学惊鸿水榭春，歌传上客兰堂暮。从郎西入帝城中，贵游簪组香帘栊。低鬟缓视抱明月，纤指破拨生胡风。繁华一旦有消歇，题剑无光履声绝。洛阳旧宅生草莱，杜陵萧萧松柏哀。妆奁虫网厚如茧，博山炉侧倾寒灰。蕲州刺史张公子，白马新到铜驼里。自言买笑掷黄金，月坠云收从此始。安知鹏鸟坐隅飞，寂寞旅魂招不归。秦嘉镜有前时结，韩寿香销故箧衣。山城少人江水碧，断雁哀猿风雨夕。朱弦已绝为知音，云鬟未秋私自惜。举目风烟非旧时，梦寻归路多参差。如何将此千行泪，更洒湘江斑竹枝？

　　泰娘是韦家的歌女，出身苏州，到京城后，学得新声。韦死后，归蕲州刺史张愻，张得罪谪居武陵，又死。泰娘无所归，日抱乐器而哭，刘氏同情她的遭遇，因而有此诗。诗的大部是四句一转韵的，只开始四句是两句一转韵，先介绍她幼年的身世。以后每四句一个意思，先说韦迎入府中，次说教练歌舞，又次说在京城的技艺更进，又次两句一转韵，说韦氏之死，音节以短促而增悲哀。又次再加重描写空房独守之惨。又次说被张迎娶，以为从此可有归宿。又次说张也不久逝世，又次说荒城凄寂，盛年可伤。最后替她诉说流落无依之苦，结句不但用典恰当，而且再将地点点清，结构完密，意思无一遗漏，语句无一冗赘，骨肉停匀，刚健婀娜兼而有之。在唐诗中也少有这样的全璧。

　　刘氏的七律表情深切，措词秀雅，又与白居易异曲同工。白氏晚年生子而又夭折，自己有一首《哭儿诗》，刘氏随即和了一首，可以同看。

　　掌珠一颗儿三岁，鬓雪千茎父六旬。岂料汝先为异

物，常教吾不见成人。悲肠自断非因剑，啼眼加昏不是尘。怀抱又空天默默，依前重作邓攸身。（白诗）

吟君苦调我沾缨，能使无情尽有情。四望车中心未释，千秋亭下赋初成①。庭梧已有雏栖处，池鹤今无子和声。从此期君比琼树，一枝吹折一枝生。（刘诗）

刘诗善于比譬，因而情韵更浓，这是一望而知的。

诗中又有一种以七绝的形式作成民间歌谣的，也是刘氏所擅长。他为了夔州人好吹笛击鼓歌竹枝，于是作了些《竹枝词》，举数首如下。

白帝城头春草生，白盐山下蜀江清。
南人上来歌一曲，北人莫上动乡情。

山桃花红满上头，蜀江春水拍山流。
花红易衰似郎意，水流无限似侬愁。

巫峡苍苍烟雨时，清猿啼在最高枝。

① 用潘岳丧子的典故。

个里愁人肠自断，由来不是此声悲。

山上层层桃李花，云间烟火是人家。

银钏金钗来负水，长刀短笠去烧畲。

杨柳青青江水平，闻郎江上唱歌声。

东边日出西边雨，道是无晴却有晴^①。

他又有《踏歌词》，如：

春江月出大堤平，堤上女郎连袂行。

唱尽新词欢不见，红霞映树鹧鸪鸣。

日暮江头闻竹枝，南人行乐北人悲。

自从雪里唱新曲，直到三春花尽时。

从以上各首可以看出这种体裁的作品，需要真朴，才能恰合民歌口吻。不必拘于平仄韵律，但也要音节悠扬宛

————————

① 这个"晴"字与情字谐音，与前人以连字谐"怜"，以鞋字谐"谐"一样，是歌谣中隐语。

转，余味无穷。至于后人摹仿的《竹枝词》，虽是描摹一地风俗，却已经失去民歌色彩，不能与刘诗相比了。

李商隐

由中唐过渡到晚唐，产生了一个杰出的名诗家李商隐。他一方面直接继承杜甫，一方面接受元和诗人的各种优点，而又另成一种他自己的面目。

李商隐所最擅长的诗是七古、七律、五排和七绝。其中摹拟别人的诗，可以姑置不论，专看他自己的面目如何。

首先是《偶成转韵七十二句赠四同舍》。

沛国东风吹大泽，蒲青柳碧春一色。我来不见隆准人，沥酒空余庙中客。征东同舍鸳与鸾，酒酣劝我悬征鞍。蓝山宝肆不可入，玉中仍是青琅玕。武威将军使中侠，少年箭道惊杨叶。战功高后数文章，怜我秋斋梦蝴蝶。诘旦九门传奏章，高车大马来煌煌。路逢邹枚不暇揖，腊月大雪过大梁。忆昔公为会昌宰，我时入谒虚怀待。众中赏我赋高唐，回看屈宋由年辈。公事武皇为铁冠，历厅请我相所难。我时憔悴在书阁，卧枕芸香春夜阑。明年赴辟下昭桂，东郊恸哭辞兄弟。韩公堆上跋马时，回望秦川树如荠。依稀南指阳台云，鲤鱼食钩猿失群。湘妃庙下已春尽，虞帝城前初日暾。谢游桥上澄江馆，下望山城如一弹。鹧鸪声苦晓惊眠，朱槿花娇晚相伴。顷之失职辞南风，破帆坏桨荆江中。斩蛟断壁不无意，平生自许非匆匆。归来寂寞灵台下，著破蓝衫出无马。天官补吏府中趋，玉骨瘦来无一把。手封狴牢屯制囚，直厅印锁黄昏愁。平明赤帖使修表，上贺嫖姚收贼州。旧山万仞青霞外，望见扶桑出东海。爱君忧国去未能，白道青松了然在。此时闻有燕昭台，挺身东望心眼开。且吟王粲从军乐，不赋渊明归去来。彭门十万皆雄勇，首戴公恩若山重。廷评日下握灵蛇，书记眠时吞彩凤。之子夫君郑与裴，何甥谢舅当世才。青袍白简风流极，碧沼红莲倾倒开。我生粗疏不足数，梁父哀吟鸲鹆舞。横行阔视倚公怜，狂来笔力如牛弩。借酒祝公千万年，吾徒礼分常周旋。收旗卧鼓相天子，相门出相光青史。

这首诗借着与友朋的赠答叙述自己的踪迹和心情的变迁，是很富有感慨的。但在诗的组织上非常轻松，只是平铺直叙，也不在典故和对仗上费力，其妙处就在虽是平铺直叙，仍有起伏的波澜，虽不费力求典故和对仗的工整，仍觉华妙有风致。

我们应当知道李商隐是诗家中最谨严细致、刻意求工的，他的词句总比人工整，意思总比人深曲，然而功夫纯熟老练之后，就丝毫不必用力，随意铺叙，顺手装点，就是一篇天然的结构。这等于画中的神品，不是先打了稿子画出来的，也不是生手能办到的。想见他作这诗也和作画一般，下笔如风雨，随着笔墨所到，略略烘染，挂在壁上，就显得神完气足。特别是末了四句，改为两句一韵，音节突然高亢起来，好像琵琶曲终，当胸一抹，戛然而止，又与那余音绕梁的韵味不同。这都是自然心手相合而成，不是刻板文章所能限制的。

其次，他的七律有几种特点，一是用事的精切，如《隋宫》一首。

紫泉宫殿锁烟霞，欲取芜城作帝家。玉玺不缘归日角，锦帆应是到天涯。于今腐草无萤火，终古垂杨有暮鸦。地下若逢陈后主，岂宜重问后庭花？

这诗第一、二句说隋炀帝不要长安而偏爱扬州。第三、四句说不是天命归唐，还不知道远到什么地方去了。第五、六句借炀帝本身的故事①写出今日隋宫的冷落，用典到这样，才是变死为活的灵心妙手。这样的典故，的确增加不少美妙，而不惹人憎嫌。第七、八句还是炀帝本身的故事，意思说他的结局和陈后主没有什么不同，不必讥笑后主了，这却似乎太刻薄一点。

一是寓意的凄警，如《流莺》一首。

流莺漂荡复参差，渡陌临流不自持。巧啭岂能无本意？良辰未必有佳期。风朝露夜阴晴里，万户千门开闭时。曾苦伤春不忍听，凤城何处有花枝？

这诗明明是借流莺为自己写照，从头到尾，一气贯注，都是怀才不遇的感慨。也不用典故，也不用雕琢的句子，读起来似乎颓唐得有气无力，读到结句，简直说在京城里没有我容身之地了，音节和句法也跟着沉郁而低回，使人丧气。风朝露夜两句就是杜诗"冠盖满京华，斯人独憔悴"的意思。这样清空的诗，又这样感沁心脾，特别显出李商

① 炀帝曾大量收集萤火，供夜游，又在运河堤上遍种垂杨。

隐的个性。

一是悼亡的诗，李氏的悼亡同元稹的悼亡同样深刻，元氏以说家常话见长，李氏以情景兼写见长，如《正月崇让宅》一首：

密锁重关掩绿苔，廊深阁迥此徘徊。先知风起月含晕，尚自露寒花未开。蝙拂帘旌终辗转，鼠翻窗网小惊猜。背灯独共余香语，不觉犹歌起夜来。

这诗写出旧日妆阁的寂寞凄凉。自己孤眠独宿，勾起前情，把读者的心也打动得和他有同感。完全是由于能将实际耳目所接触的写得真切。以上两例都说明李商隐的诗并不是像一般人所认为难懂的。

一是艳情的诗，李氏诗集中艳情之作最富，这是大家所熟知的。这种诗往往在别的题目掩护之下，以浓艳的色泽，惝恍的词句，隐僻的故典写得可意会而不可言传，如《圣女祠》一首。

松篁台殿蕙香帏，龙护瑶窗凤掩扉。无质易迷三里雾，不寒长著五铢衣。人间定有崔罗什，天上应无刘武威。寄问钗头双白燕，每朝珠馆几时归？

　　这诗开始两句写她的居处何等绮丽，而第三、四句写那人的姿色神情却反用轻清缥缈的笔墨，介于有意无意之间。第五、六句暗中点出其中的恋爱关系，也运用典故，避免直说。到第七、八句才露出似乎求爱之意，然而仍是委婉的口气。所以绮丽、含蓄，好像罩月笼烟的花枝一般，无疑是李氏的特长。

　　讲到李氏的五言长律，大致依傍杜诗而倍加工整，在叙事的长篇中，这种体裁非常适当，所以后人颇有学他的。不过他单有一种清健流利的五排，并不像杜诗而近于白诗，可能是他受到白居易的影响。李氏学杜，学韩，学李贺都有人指出，至于他能传白居易的面貌和精神，却是前人未曾发现的，举《移家到永乐县居》一诗为例。

　　驱马绕河干，家山照露寒。依然五柳在，况值百花残。昔去惊投笔，今来分挂冠。不忧悬磬乏，乍喜覆盂安。甑破宁回顾，舟沉岂暇看。脱身离虎口，移疾就猪肝。鬓入新年白，颜无旧日丹。自悲秋获少，谁惧夏畦难。逸志忘鸿鹄，清香披蕙兰。还持一杯酒，坐想二公欢。

这是乱后回乡里，应有的感慨。其中"依然五柳在"二句可算飘逸极了，对偶作到这样，只觉得美妙，而丝毫不觉堆砌板滞，以下"脱身离虎口，移疾就猪肝"[①]也是虽用典而等于不用典，其余更明白如画。"自悲秋获少，谁惧夏畦难"二句表明自己不惜劳苦，不肯怨尤，也是李氏志趣与白氏相近的地方。

最后，李氏的七绝，风神秀发，宛转关情，颇像临风弱柳，出水新荷，读起来更有一唱三叹之美。其中又可分为几类，一是即景寓情的，如：

竹坞无尘水槛清，相思迢递隔重城。

秋阴不散霜飞晚，留得枯荷听雨声。

第四句特别工于写实而又有情致。

又如：

寻芳不觉醉流霞，倚树沉眠日已斜。

---

① 东汉闵仲叔不肯受人白送的猪肝。

客散酒醒深夜后，更持红烛赏残花。

一是借古事讽刺当局的，如：

青雀西飞竟未回，君王长在集灵台。
侍臣最有相如渴，不赐金茎露一杯。

又如：

乘兴南游不戒严，九重谁省谏书函。
春风举国裁宫锦，半作障泥半作帆。

以上两首的意味都在末两句。前首讽刺朝廷待人无恩，
不知臣下之苦。后首讽刺君主竭民力以逞私欲，不听忠直
之言。在当时是有所为而作的。

一是以沉吟的句调写刻骨的深情，这一种更是古今绝
唱，如：

暂凭樽酒送无憀，莫损愁眉与细腰。
人世死前惟有别，春风争拟惜长条？

含烟惹雾每依依，万绪千条拂落晖。

为报行人休尽折，半留相送半迎归。

这都是咏柳的，前首说：人生除死以外，离别是一件大事，虽然不愿损坏了柳的姿态，春风又怎能吝惜长条不让行人去攀折呢？后首说：可怜的柳枝，也不要折尽了，还要留一半预备迎接行人归来呀！含情深曲，使人凄然不忍卒读。李商隐真是个多情的人。他曾有一首说杜牧的诗：

高楼风雨感斯文，短翼差池不及群。

刻意伤春复伤别，人间惟有杜司勋。

其实正是他自己的写照。

另外有一种，但以丽句写怨情。如：

楼上黄昏欲望休，玉梯横绝月如钩。

芭蕉不展丁香结，同向春风各自愁。

东南日出照高楼，楼上离人唱石州。

总把春山扫眉黛，不知供得几多愁。

李氏的诗每好深曲而不好平直，但也有说得十分平白而仍具有深意的，如：

> 花明柳暗绕天愁，上尽重城更上楼。
> 欲问孤鸿向何处，不知身世自悠悠。

又有一种并无深意，只是直写情事，自觉可爱的，如：

> 无事经年别远公，帝城钟晓忆西峰。
> 炉烟消尽寒灯晦，童子开门雪满松。

七绝是旧诗中最常见的形式，因为字句简短，能给予读者以更深的印象，所以爱好的人更多。李商隐的这一体裁最为值得学习。

李商隐有时和杜甫、白居易一样，用质直的手法反映现实，例如《行次西郊一百韵》，其中述农村中人所受的迫害，如：

> ……农具弃道旁，饥牛死空墩。依依过村落，十室无一存。存者皆面啼，无衣可迎宾。始若畏人问，及门还

具陈。……

难道能说不是暴露当权者的罪恶吗？比起元、白的乐府，有什么不如呢？

再看他的《贾生》一首：

> 宣室求贤访逐臣，贾生才调更无伦。
>
> 可怜夜半虚前席，不问苍生问鬼神。

这又是何等急于想解除当前民生疾苦的意愿？我们读李商隐的诗，只要细加体会，印证当时的史事，就不会埋没他的苦心，而断然认他为中唐过渡到晚唐的一位大家，在诗坛上起着重大影响。

与李氏齐名的温庭筠，路数虽大略相同，规模却较为狭小，以后在论词的方面，再谈到他。

另外有一个与李氏齐名的是杜牧，人称为小杜。他的诗和他的为人一样，有奇气，傲岸不群。特别是七律，别具一种风格，后人少有能学的。前面已经引述过他的作品了。

晚唐诗人有一种习气，喜欢幽僻尖新的诗，例如贾岛得了一句"独行潭底影"，苦思对句而不能得，后来才勉强对了一句"数息树边身"。所以他说："两句三年得，一吟双泪流"，因为取境这样幽深，所以大多数只能作五律，而且面目也都大同小异。后来南宋的"永嘉四灵"远远地继承了这一脉，都不能成为大家。不过他们写景写情都另有一种清幽之气，正如看过大青绿山水之后，看倪云林的水墨小品，又如吃过肥浓海味之后，吃一样清淡的蔬菜，也觉其味无穷。举马戴一首为例。

露气寒光集，微阳下楚丘。猿啼洞庭树，人在木兰舟。
广泽生明月，苍山夹乱流。云中君不见，竟夕自悲秋。

这诗一味取神，按下去却没有实质，然而在晚唐小家中还是比较的高品。

晚唐有两家工力悉敌的，是陆龟蒙与皮日休，他们唱和的诗很富，同时也很杂，以诗格而论，不能算高。

比较值得一提的是韩偓。他的父亲与李商隐是亲戚，在幼年时李氏曾经夸奖他"雏凤清于老凤声"，所以他暗中也继承了李氏的衣钵，举一首为例。

碧阑干外绣帘垂，猩色屏风画折枝。

八尺龙须方锦褥，已凉天气未寒时。[①]

宋诗

五代以后，诗的进步停顿了，北宋初年盛行一种摹仿李商隐面目的诗，称为西昆体，而李氏的真正优点并没有学到，所以渐渐为人所厌薄。梅尧臣、苏舜钦开始矫之以平淡，欧阳修极力提倡韩愈式的古文，主持一时风气，诗也随之而愈趋于古雅，华靡之习一扫而空。宋诗的门户，就在他手里建立起来了。

以后北宋诗人能成大家的，第一当数王安石。王氏的诗也像他的为人，是精严有法而能深入的。长处兼杜与韩，下笔必有深意。下列一诗代表他的政治主张：

童子常夸作赋工，暮年羞悔有扬雄。当时赐帛倡优等，今日论才将相中。细甚客卿因笔墨，卑于尔雅注鱼虫。汉家故事真当改，新咏知君胜弱翁。（《详定试卷》）

---

① 香奁诗的名称是由韩氏起的，这就是香奁的一例。

这是批判考试制度的，他说连扬雄都以词赋为可耻，在汉朝不过作为宫廷一种娱乐，谁料今天的将相都要凭这个取得出身呢？今天考试的科目太琐细无益于实用，实在应当改革了。弱翁是汉丞相魏相，主张循行故事的。

再看一首写情的诗：

> 少年离别意非轻，老去相逢亦怆情。
>
> 草草杯盘供笑语，昏昏灯火话平生。
>
> 自怜湖海三年隔，又作尘沙万里行。
>
> 欲问后期何日是？寄书应见雁南征。
>
> （《示长安君》）

中间两联真挚自然，不愧名句，但纯是空写，与唐诗的特点终有不同。

第二是苏轼，苏诗的特色是粗豪，多议论。看下列的七古，就知道一般宋诗的面目大致如此，总是由于韩愈的影响。不过韩诗的粗硬程度还没有这样厉害。

江城地瘴蕃草木，只有名花苦幽独。嫣然一笑竹篱间，桃李漫山总粗俗。也知造物有深意，故遣佳人在空谷。自然富贵出天姿，不待金盘荐华屋。朱唇得酒晕生脸，翠袖卷纱红映肉。林深雾暗晓光迟，日暖风轻春睡足。雨中有泪亦凄怆，月下无人更清淑。先生食饱无一事，散步逍遥自扪腹。不问人家与僧舍，拄杖敲门看修竹。忽逢绝艳照衰朽，叹息无言揩病目。陋邦何处得此花，无乃好事移西蜀？寸根千里不易致，衔子飞来定鸿鹄。天涯流落俱可念，为饮一樽歌此曲。明朝酒醒还独来，雪落纷纷那忍触？（《寓居定惠院之东，杂花满山，有海棠一株，土人不知贵也》）

苏氏七律、七绝颇有学白居易的，也很洒脱可爱，所以传诵不衰，在唐以后诗人中总算对后世影响最大的了。

第三是黄庭坚。黄氏以学杜为主，他的特色是艰深苦涩，不肯作率直语，与苏氏宗旨略同而又另成一派。潘德舆《养一斋诗话》里说：苏豪宕纵横而伤于率易，黄劲直沉着而苦于生疏，是两家的正确评价。后人好奇喜新的多半赞成黄派，以为可以医甜熟之病。今举后人所常称道的一首为例。

凌波仙子生尘袜，水上轻盈步微月。是谁招此断肠魂，种作寒花寄愁绝？含香体素欲倾城，山矾是弟梅是兄。坐对真成被花恼，出门一笑大江横。（《王充道送水仙花五十枝欣然会心为之作咏》）

看第三、四句就知道绝不是唐人的口气。但宋以后人却常常以这种话入诗，也就变成滥调了。末尾两句意在学杜，然而语意突兀生硬，不甚可解。这样的诗在杜集中也不算上品，黄氏喜欢这一路，他的追随者陈师道更是与他臭味相同的，因此有黄陈之称。陈诗学杜处是很明显的，但意在学杜的沉郁而没有得到杜的波澜老成，所以潘德舆批评他的诗弥望皆晦僿之气。

南渡以后，重要的诗家首推陆游，他的诗数量最多，而风格也永远是一样的。属对精工，句调流利，语意明白痛快，是他的特长。这种特长都表现在七律、七绝上，所以别的体裁都不能出色。举七律二首为例。

诗酒清狂二十年，又摩病眼看西川。心如老骥常千里，身似春蚕已再眠。暮雪乌奴停醉帽，秋风白帝放归船。飘零自是关天命，错被人呼作地仙。（《赴成都泛舟自三泉至益昌谋以明年下三峡》）

百花过尽绿阴成，漠漠炉香睡晚晴。病起兼旬疏把酒，山深四月始闻莺。近传下诏通言路，已卜余年见太平。圣主不忘初政美，小儒唯有涕纵横①。（《新夏感事》）

前诗豪宕，后诗深婉。前诗更是他的本色。他的时时刻刻不忘忠爱，完全本于杜甫，后诗的境界却更高超了。

他的言情之作则有：

城上斜阳画角哀，沈园非复旧池台。伤心桥下春波绿，曾是惊鸿照影来！梦断香消四十年，沈园柳老不吹绵。此身行作稽山土，犹吊遗踪一泫然！（《沈园二首》）

这是为追悼已改嫁之前妻而作。他的诗总是这样并不费力而自然动人，渊源也出于白居易。

另外一个南宋诗人杨万里，在宋诗中又成一种新派，他不肯拾前人唾余，却情愿用俗语入诗，而使人不觉其俗。

① 意思是说：只要皇帝有始有终，我们就感激不尽了。

例如：

谁不知侬懒，其如送客何！叶声和雨细，山色上楼多。出处俱为累，升沉尽听他。疏钟暮相答，也解说愁么？（《送客既归晚登清心阁》）

又有传诵的两首七绝：

梅子留酸软齿牙，芭蕉分绿与窗纱。
日长睡起无情思，闲看儿童捉柳花。

松阴一架半弓苔，偶欲观书又懒开。
戏掬清泉洒蕉叶，儿童误认雨声来。

（《闲居初夏二首》）

写景真切，不嫌小巧，是他的长处。

范成大以《四时田园杂兴》诗出名，写田园景物真朴可爱，其中一首云：

梅子金黄杏子肥，麦花雪白菜花稀。

日长篱落无人过，唯有蜻蜓蛱蝶飞。

又有《州桥》一首，深写亡国之痛：

州桥南北是天街，父老年年等驾回。
忍泪失声询使者，几时真有六军来？

他的诗大都是这样平淡而真率的，这也是南宋诗的特色。

在南宋的末年，北方金元之间也出现了一个诗家元好问。他的诗与苏轼相近，因为生当金亡之际，多哀思之音。又是代北的人，更带慷慨悲歌之意，卓然能独树一帜。举一首为例。

万里荆襄入战尘，汴州门外即荆榛。蛟龙岂是池中物？虮虱空悲地上臣。乔木他年怀故国，野烟何处望行人？秋风不用吹华发，沧海横流要此身。（《壬辰十二月车驾东狩后即事》）

宋以后的诗，又免不了堕入前人窠臼，就不值得细谈了。大致说来，从元代起，诗又回到唐人的路数，明人大部分主张摹拟唐诗，称为复古派，结果只学得表面的腔调，不但无新发展，也无实际意义。晚明有所谓公安竟陵派，专讲孤峭生僻，有时颇有新警句子，然而有时又似乎强凑，在可解不可解之间。这是对于复古派的一种必然的反响。

清诗

清代的学术成就超过以前，诗也较之以前任何时代远觉丰富而复杂。在清初，钱谦益的诗就比明代的复古派来得结实，也比公安竟陵派来得正大。这一脉传到王士禛、朱彝尊，一个以风神取胜，一个以典雅取胜，虽然也是回复到唐诗，却不完全袭取唐诗面貌，逐步形成清代的诗了。在乾隆以前，一直是拥护唐诗的，特别是乾隆时代的诗坛盟主沈德潜，号称一时宗匠，然而诗道也从他起渐渐衰微了。以后就异军锋起，例如学宋诗而以苦炼见长的钱载，学宋诗而拉扯许多材料入诗的是翁方纲，学李白而专逞才气聪明的是黄景仁，不学任何人而专讲性灵，以诗语有味为主，不嫌俚俗的是袁枚。他们都不甘心随人俯仰，都成了非唐非宋非元非明的诗，也都有人附和。

到了道光以后，连这些也不能满人意了，就有人重新走宋诗的路，也有人与此相反，又从汉魏六朝入手。由道光以至清末，诗坛名人更一辈辈出来不少，花样也很有些新翻的。

清代的三百年离我们尤为切近，正是文化繁荣，并且逐步与新事物接触的时代，谈到这一时期的诗派诗风，不是短的篇幅所能包括的。本书谈唐以前的比较详细，而谈宋以后的已经简略，乃是因为宋以后的诗无非从原有基础上发展，抓住根本，就不必逐细去寻数枝叶。如果不分主要和次要写下去，对读者是没有帮助的。至于清代的诗，方面广阔，内容丰富，更超过以前，尤其无法在本书中叙述了。

学诗的人只要熟悉唐以前的主要流派，而选择一个唐代的主要作家从事学习，就能打好基础，取得成就。达到这一步以后，尽可随意泛览清代的诗，遇到有可吸收的优点，自然会吸收到自己的怀抱中。这不但是为扩充知识起见，诗的境界也必要这样才能打开，否则就会被眼前习见的东西所障蔽。

但是在没有掌握基本知识，巩固相当基础的时候，如果东涂西抹，泛滥无所归宿，就有一事无成的危险。清代诗家也如宋明诗家一样，都不能离开唐诗的基础，没有学好唐诗，就根本谈不到读宋以后的诗。本书专以谈唐诗为中心，道理就在于此，却不是说其他都不值得一读。

第四篇　由诗到词

·

在唐代，七绝诗是可以唱的，而且事实上也是诗与乐合一的。以后大约因为七绝的形式太单调了，不够优美，所以这一部分入乐的诗与其他形式的诗分离开来，而成为所谓词。

在词的发展过程中，也和诗一样，最初本限于乐歌之用，以后词也并不一定入乐，而只成为诗的一种体裁，或者说是诗的附庸。所以词也称"诗余"，也称"长短句"。若要完全把词排除在诗的领域以外，那是不对的。

从上面所说的诗派来看，唐诗已经登峰造极，宋诗不过抓住唐诗的某一点再加充分发挥而已。元明人不必说，清代诗家虽然费了不少气力想独出心裁，究竟形式上逃不出唐宋诗的范围。只有宋人的词，才是脱离了唐诗的形式，另辟境界，所以我们熟悉了诗以后，不可不知道一些词的特性，因而扩大欣赏的范围。

为什么诗以外不能没有词呢？第一，为了音调的悦耳可以配合声乐，必须在句法长短上有较宽幅度的变化，同时又必须有严格的规律，所以才产生各种的词牌。词家就按着不同的词牌规律去填字。一般说来，不是精通乐律的，不能自制词腔，不严格遵守规律的，也不能填词。这是大不同于诗的。诗可以随意自由去作，无所谓严格规律的拘束。第二，为了表达深微而曲折的情感，必须采用更灵活的句法，更通俗的字眼，更美妙的韵律。过去诗的形式和风格都嫌太庄重，太拘执，无论如何设法加以变化，总不够满足进一步的要求。

我们从词的发展史来看，诗与词的蜕变痕迹是显然可寻的。词的早期形式与诗原无分别，例如词中的《望江南》本来就是白居易诗集中的《忆江南》词。

江南好，风景旧曾谙。日出江花红胜火，春来江水绿如蓝。能不忆江南？

江南忆，最忆是杭州。山寺月中寻桂子，郡亭枕上看潮头。何日更重游。

江南忆，其次忆吴宫。吴酒一杯春竹叶，吴娃双舞醉
芙蓉。早晚复相逢。

这样的诗，玲珑宛转，趣味浓厚，适于歌唱，所以到
了五代就盛行此种词的调子，名为小令。小令的牌名如
《菩萨蛮》《女冠子》等类，也就是唐代乐歌之名。词家借
用旧谱制成美妙的新词以写自己的怀抱。一直到北宋初期，
诗与小令之间，虽有若干区别，究竟不是绝对的。凡是诗
家几乎没有不能作词的，不过有专长有非专长罢了。

到了北宋中叶，乐律之学大为昌明，于是一般的要求
是以更复杂的结构配合更复杂的音乐。小令不再适用，而
长调渐兴。长调的四声规律更严，句法参差的程度也加甚，
这样就与诗的作法大不同了。

词的作法究竟怎样不同于诗呢？第一，词中不能用
典，或者只能暗用而不能明用，或者只能用极熟的典而不
能用稍生的典。大约当初为了唱起来大家能懂，所以有这
样的传统戒律。其实后来的词也不一定能唱，有些词家名
为不用典，而其难懂更甚于用典。这又是词与诗分而又合，
异而又同的地方了。第二，词中的话不能直说，或者有
时话虽可以直说，而意境景象必须保持半虚半实，若有若

无，使人反复玩味，不致一览无余。第三，词中不能多用语助字，词意的线索脉络要自然分明。宋人作诗往往搀入散文的作法。至于宋人作词，却绝对不像作诗那样，作诗可以用语助字来表示劲健有力，作词则只宜柔婉而万不可生硬。

同样的意思，可以用诗来表达得很好，也可以用词来表达得更好。从下面几条实例可以看出。

杜诗："夜阑更秉烛，相对如梦寐。"写久别重逢，喜极而反如梦境，已经很真切了。而晏几道的《鹧鸪天》却说："从别后，忆相逢，几回魂梦与君同。今宵剩把银釭照，犹恐相逢是梦中。"诗语简而直，词语委曲而细腻。词的意思也更深一层。

隋炀帝诗："寒鸦千万点，流水绕孤村。"而秦观的《满庭芳》却说"斜阳外，寒鸦万点，流水绕孤村"，似乎并没有改造，但添"斜阳外"三字入词，就更觉俏丽入神。

刘禹锡诗："旧时王谢堂前燕，飞入寻常百姓家。"而周邦彦的《西河》说："酒旗戏鼓甚处市？想依稀王谢邻里。燕子不知何世，向寻常巷陌人家相对，如说兴亡斜阳里。"加了几句，把原意补足，就使人不觉其为化诗成词。

还有吴激的《青衫湿》说："旧时王谢，堂前燕子，飞入谁家？"用刘诗大意，而点化成飞入谁家，也别有风致。

晏殊有两句传诵千古的词："无可奈何花落去，似曾相识燕归来。"他也曾将这两句装入一首七律诗里，然而大家评论这两句词确是词中的名句，而作为一联诗看，就嫌过于纤巧了。正如汤显祖的《牡丹亭》中两句："良辰美景奈何天，赏心乐事谁家院。"也确是曲而不是词，一样道理。

前人还有径自采取古诗而改成词的。苏轼改韩愈《听颖师弹琴》为《水调歌头》，即是一例。今将诗词并列，以资对照。

韩诗

昵昵儿女语，恩怨相尔汝。划然变轩昂，勇士赴敌场。浮云柳絮无根蒂，天地阔远随飞扬。喧啾百鸟群，忽见孤凤凰。跻攀分寸不可上，失势一落千丈强。嗟予有两耳，未省听丝篁。自闻颖师琴，起坐在一旁。推手遽止之，湿衣泪滂滂。颖师尔诚能，无以冰炭置我肠！

苏词

昵昵儿女语，灯火夜微明。恩怨尔汝来去，弹指泪和声。忽变轩昂勇士，一鼓填然作气，千里不留行。回首暮云远，飞絮搅青冥。

众禽里，真彩凤，独不鸣。跻攀寸步千险，一落百寻轻。烦子指间风雨，置我肠中冰炭，起坐不能平。推手后归去，无泪与君倾。

从这里可以看出：诗是直说的，词则必须装点陪衬。诗的字句要沉重，词的字句要轻清。特别是："浮云柳絮无根蒂，天地阔远随飞扬。"在诗中确是雄深雅健之作，而变作："回首暮云远，飞絮搅青冥。"立即成为潇洒俊秀的词了。

词中有些短调，如《浣溪沙》《鹧鸪天》之类，本来就是七律诗中的一部分句法，稍加组织而成，《生查子》则简直是一首五言诗的格式，更可以看出诗词蜕化的痕迹。并且北宋的贺铸还有竟用唐人七绝改成词的办法，词牌名《太平时》，举其中一首为例。

秋尽江南叶未凋，晚云高。青山隐隐水迢迢，接亭皋。　二十四桥明月夜，弭兰桡。玉人何处教吹箫，可怜宵。

这是用杜牧诗，每句下加三字。如果不说明，也未必一定觉得是用诗改编的。不过一般说来，也只有一部分的诗可以混入词中，如果是李杜的诗就未必能这样改编了。

现在将晚唐到南宋词的演变略加说明。

晚唐的温庭筠在诗家中也是一时翘楚，由于他的风格婉丽，所以创作小令也非常出色。他的身份是一半诗家，一半词家，他的作品也正是从诗蜕化成词的代表作，举下列几首为例。

小山重叠金明灭，鬓云欲度香腮雪。懒起画蛾眉，弄妆梳洗迟。　照花前后镜，花面交相映。新帖绣罗襦，双双金鹧鸪。

宝函钿雀金鹦鹉，沉香阁上吴山碧。杨柳又如丝，驿桥春雨时。　画楼音信断，芳草江南岸。鸾镜与花枝，此情谁得知？

南园满地堆轻絮，愁闻一霎清明雨。雨后却斜阳，杏花零落香。　无言匀睡脸，枕上屏山掩。时节欲黄昏，无憀独倚门。（《菩萨蛮》）

温词似乎只是堆砌词藻，描摹妇女的装饰容貌，与六朝宫体诗差不多。其实他的词在秾丽之中寓深微之意，是有脉络可寻的，不过不着迹象而已。

韦庄是唐末人，入蜀，为前蜀主王建宰相。他在唐末曾作一篇《秦妇吟》，为当时大众所传诵。然而他的诗实在远不及词。就下列的词看来，已经渐渐脱去温氏秾丽的体态和厚密的气势而化为清淡疏宕。换句话说，也就是离诗更远而词的形态更确定了。

四月十七，正是去年今日，别君时。忍泪佯低面，含羞半敛眉。　不知魂已断，空有梦相随。除却天边月，没人知。

昨夜夜半，枕上分明梦见。语多时。依旧桃花面，频低柳叶眉。　半羞还半喜，欲去又依依。觉来知是梦，不胜悲。（《女冠子》）

南唐国主李煜（后主）以帝王而为词中大家，他的成就绝不是靠地位得来的，但是也与他的身世有些关系。王国维在《人间词话》里曾经说过："生于深宫之中，长于妇人之手，是后主为人君所短处，亦即为词人所长处。"又说："客观之诗人不可不多阅世。阅世愈深，则材料愈丰富，愈变化，水浒红楼之作者是也。主观之诗人不必多阅世，阅世愈浅，则性情愈真，李后主是也。"我们不但可以从此得到后主的适当评价，也可以体会到词的真髓是什么。没有真性情是不会作出好词的。后主能以自然华妙的词句写出真性情，不像温韦一派专靠词藻来掩映。在词的发展上是一大步的迈进，使词完全不同于诗，词的境界也从此可以有开拓之余地。这样说来，后主在词家的地位，颇像诗家画家的王维，到此地步，诗词画才脱离了公式化的形式而成为纯粹的艺术作品。

后主词的价值，前人都是一致推崇，没有异议。纳兰成德认为后主以前的词犹如古玉器，虽贵重而不适用，宋人的词是适用的，但又缺少名贵之气，只有后主是兼长的，既华艳而又质实。

除了大家熟悉的《虞美人》《相见欢》《乌夜啼》几首外，特举不同的代表作如下。

人生愁恨何能免，销魂独我情何限！故国梦重归，觉来双泪垂。　高楼谁与上？长记秋晴望。往事已成空，还

如一梦中。（《子夜歌》）

看上下两阕以"梦"字互相呼应，章法何等缜密！换头（下阕开始，称为"换头"）两句俊拔雄丽，末句又变成极平淡，笔下空秀到极点了。

别来春半，触目愁肠断。砌下落梅如雪乱，拂了一身还满。 雁来音信无凭，路遥归梦难成。离恨恰如春草，更行更远还生。（《清平乐》）

前半写景，是诗笔所不能达的。后半写情，一层深透一层，又是诗笔所不能达的。

遥夜亭皋闲信步，才过清明，早觉伤春暮。数点雨声风约住，朦胧淡月云来去。 桃李依依春暗度，谁在秋千，笑里低低语？一片芳心千万绪，人间没个安排处。（《蝶恋花》）

这样旖旎的风光，缠绵的情致，能不说是人间最美最动人的文学作品吗？

与后主同时称大家的有冯延巳。他的词比后主稍秾厚，而含意精微，布局宏远，不在后主之下。

宿莺啼，乡梦断，春树晓朦胧。残灯和烬闭朱栊，人语隔屏风。　香已寒，灯已绝。忽忆去年离别。石城花雨倚江楼，波上木兰舟。（《喜迁莺》）

全不着一写情之语，而情自然浓至，作到这样，才发挥了词的能事。

由五代过渡到北宋，词家以晏殊、晏几道父子为主要角色。晏殊正是出自冯延巳的。先看晏殊的词。

绿杨芳草长亭路，年少抛人容易去。楼头残梦五更钟，花底离愁三月雨。　无情不似多情苦，一寸还成千万缕。天涯地角有穷时，只有相思无尽处。（《木兰花》）

再看晏几道的词。

十里楼台倚翠微，百花深处杜鹃啼。殷勤自与行人语，不似流莺取次飞。　惊梦觉，弄晴时。声声只道不如

归。天涯岂是无归意，争奈归期不可期。（《鹧鸪天》）

这两首父子二人的词颇有相似之处，而其渊源出于南唐也是很显然的。总之，情韵秀雅，读过以后，人人都知道可爱。

北宋有两个诗家而兼词家，一是欧阳修，一是苏轼。欧阳修虽极力提倡韩愈式的古文，而在韵语方面却又十分追随南唐的小词，可见词是当时所认为新颖的文学体裁，无人不爱好。同时也由于他个人笔底近于清微淡远一路，所以作起词来，能以婉秀见长。

谁道闲情抛弃久？每到春来，惆怅还依旧。日日花前常病酒，不辞镜里朱颜瘦。　河畔青芜堤上柳，为问新愁，何事年年有？独立小桥风满袖，平林新月人归后。（《蝶恋花》）

像这样的词，层层转折，意境深远，笔势清挺，显然是从温飞卿一脉下来而较李后主更前进一步的。

苏轼的词以豪气著名，大家都说他是以诗为词的，正如韩愈的以文为诗一样，所以似乎不是作词的正当法门。

但是词的风格本可以各人不同，何况他打破五代的传统，另辟新的路径，而又确有他的长处，怎能不承认他是第一流的词家呢？除他的长调已在前面引述过以外，再举代表作两首。

灯火钱塘三五夜，明月如霜，照见人如画。帐底吹笙香吐麝，更无一点尘随马。　寂寞山城人老也，击鼓吹箫，却入农桑社。火冷灯稀霜露下，昏昏雪意云垂野。（《蝶恋花》）

这是他在密州追忆钱塘上元胜景所作，前后阕两相对照，俊快无比。

十年生死两茫茫，不思量，自难忘。千里孤坟，无处话凄凉。纵使相逢应不识，尘满面，鬓如霜。　夜来幽梦忽还乡，小轩窗，正梳妆。相顾无言，惟有泪千行。料得年年肠断处，明月夜，短松冈。（《江城子》）

这是他悼亡之作，比较前人悼亡的诗，就知道词是更能写得宛转凄清的。

苏氏门徒中，以词擅名的推秦观。秦氏的词恰与苏氏异趣，他是深于情的人，所以写情比人加倍深切。将下列一首与苏氏的"十年生死"一首相比较，所用的是同一词牌，而粗细浅深迥然不同。

　　西城杨柳弄春柔，动离忧，泪难收。犹记多情，曾为系归舟。碧野朱桥当日事，人不见，水空流。　韶华不为少年留，恨悠悠，几时休？飞絮落花时候、一登楼。便做春江都是泪，流不尽，许多愁。（《江城子》）

　　北宋词人中有两个专家，一是柳永，他大胆地把俗语写入词中，这样就更打开了新境界，造成了新面目。不过在当时虽然被大众欢迎，而文人雅士是不甚赞成的。他的名作不少，"今宵酒醒何处？杨柳岸、晓风残月"，是大家所熟知的，现在只举他的俗语词如下：

　　闲窗烛暗，孤帏夜永，敧枕难成寐。细屈指寻思，旧事前欢，都来未尽，平生深意。到得如今，万般追悔，空只添憔悴。对好景良辰，皱着眉儿，成甚滋味？　红茵翠被。当时事、一一堪垂泪。怎生得依前似恁，偎香倚暖，

抱着日高犹睡。算得伊家，也应随分，烦恼心儿里。又争似从前，淡淡相看，免恁牵系？（《慢卷袖》）

这是不消解释，明白如话的。

另外一个贺铸，力求语意清新，别开生面。像他们这样，确实是以词为毕生事业的，所以有独特的造诣。举小令、长调各一首为例。

不信芳春厌老人，老人几度送余春。惜春行乐莫辞频。　巧笑艳歌皆我意，恼花颠酒拚君嗔，物情惟有醉中真。（《浣溪沙》）

这词看似平常，而上阕以一"春"字宛转关联而下，不愧清新二字，末句体会入微，不是文心如发细的人不能说出。

艳真多态，更的的频回眄睐。便认得琴心相许，与写宜男双带。记画堂斜月朦胧，轻颦微笑娇无奈。便翡翠屏开，芙蓉帐掩，与把香罗偷解。　自过了收灯后，都不见踏青挑菜。几回凭双燕，丁宁深意，往来翻恨重帘碍。约

何时再？正春浓酒暖，人闲昼永无聊赖。厌厌睡起，犹有花梢日在。（《薄幸》）

这一首也和柳永的词一样胆大，而比较雅些。

诗中有杜甫，词中就有周邦彦，杜是诗中的正宗，周是词中的正宗。周氏精于音律，他的词在音节上是非常谨严的，不但平仄，连仄声中的上、去、入都不能随意变乱。词到了这个阶段，就几乎把诗的优点也吸收过来，呈一种博大昌明的气象，而可以与诗分庭抗礼，不算诗的附庸了。王维是唐诗的先驱者，杜甫才集大成，李后主是宋词的先驱者，周邦彦才集大成，情形颇为相似。现在举周氏小令、长调各一首，以见一斑。

月皎惊乌栖不定，更漏将阑，辘轳牵金井。唤起两眸清炯炯，泪花落枕红绵冷。 执手霜风吹鬓影，去意徊徨，别语愁难听。楼上阑干横斗柄，露寒人远鸡相应。（《蝶恋花》）

写早行人话别的凄苦，还有比这更亲切的吗？读者读到这里，真会如身历其境一般，这是音乐与绘画都表达不出来的，也是诗境中所不具备的，像这样的词，人间必不可少。

风老莺雏，雨肥梅子，午阴嘉树清圆。地卑山近，衣润费炉烟。人静乌鸢自乐，小桥外、新绿溅溅。凭栏久，黄芦苦竹，疑泛九江船。　年年，如社燕，飘流瀚海，来寄修椽。且莫思身外，长近尊前。憔悴江南倦客，不堪听、急管繁弦。歌筵畔，先安枕簟，容我醉时眠。（《满庭芳》）

无论何人，也会看出这种词的面目格局都与以前不同。他的词句矜炼而新鲜，意思曲折而复杂。乍看倒很像是诗，可见他的内容丰富，无所不包。前半写景精湛，不作平凡语，后半写情也飘忽矫健，末尾融合情景，结构周密，似乱而实不乱。无论遣词命意，都很像杜诗那样沉郁。

南宋词人首屈一指的当然是辛弃疾。他的词生动跳脱，气概不可一世，一如其人。然而粗中有细，气概中有情韵，所以仍然是词，而且是第一流的词。一般都以辛词与苏轼的词相提并论，认为词中的豪放一派，其实辛词远在苏词以上，辛词格律既比较谨严，而且是从真性情发出的。

词中的辛氏在诗中很难找一个可以相比的人，与其说近于李白，似乎不如说近于鲍照。然而总还不如他在词的领域里所占地位之重要。

我们应当多看他几首不同面目的词。

东风夜放花千树，更吹落，星如雨。宝马雕车香满路。凤箫声动，玉壶光转，一夜鱼龙舞。

蛾儿雪柳黄金缕，笑语盈盈暗香去。众里寻他千百度，蓦然回首，那人却在，灯火阑珊处。（《青玉案》）

前半描写元宵灯市盛况，开始两句在华艳中仍然带有豪俊之气。后半转为温柔细腻，却又一气呵成，不见针线痕迹。辛氏本是大手笔，而小词的规律还是谨严，气度还是幽雅。

楚天千里清秋，水随天去秋无际。遥岑远目，献愁供恨，玉簪螺髻。落日楼头，断鸿声里，江南游子。把吴钩看了，阑干拍遍，无人会，登临意。　休说鲈鱼堪脍，尽西风季鹰归未？求田问舍，怕应羞见，刘郎才气。可惜流

年，忧愁风雨，树犹如此！倩何人唤取，红巾翠袖，揾英雄泪！（《水龙吟》）

开头两句简直是一声铁笛，破空而来，宛然如见水天空旷的景象。以下"遥岑远目"四句不过是说望远山而生感慨，但造语新隽，与起句互相配合，精神百倍。再下去都是说英雄老矣的意思，而用"树犹如此"一句成语截住，意已足而语不尽。最后三句又回顾"无人会，登临意"一句之意。全篇愈豪纵愈哽咽，使人想象作者一腔忠愤无处发泄，千载而下，还不禁下同情之泪。不是真性情何能到此地步？至于辛氏造新语不嫌生硬，用成语又不嫌陈腐，也总是由于他的学问足以相副而情感又真挚自然。

枕簟溪堂冷欲秋，断云依水晚来收。红莲相倚浑如醉，白鸟无言定自愁。　书咄咄，且休休，一丘一壑也风流。不知筋力衰多少，但觉新来懒上楼。（《鹧鸪天》）

这是辛氏晚年颓唐闲适之作，在诗人中白居易、陆游以外，另辟一种境界，若取白、陆的老年闲适诗相较，就知道辛词的特色。末二句是从刘禹锡诗中的"筋力上楼知"

一句化出。诗只需五个字，而词扩充到十四个字，也可见诗要精练，而词要流利。

南宋词人可以勉强与辛氏分庭抗礼的是姜夔。姜的才情气概远不及辛，但他能运用自己的长处，以精妙婉曲取胜。在音乐中，辛词可以比钟，姜词可以比磬；在山水中，辛词可以比长江上的云山万叠，姜词可以比深山洞壑中清溪一曲。天才之雄厚当然让辛，而人工之精到，也不得不推姜，所以姜词究竟是大家。先看他的小令。

燕雁无心，太湖西畔随云去。数峰清苦，商略黄昏雨。　第四桥边，拟共天随住。今何许？凭阑怀古，残柳参差舞。（《点绛唇》）

"数峰清苦"两句是何等费力雕琢出来的句子？九个字好像有千斤重量，使人咀嚼再三，还有余味。末句也具有十分气力。一望而知是对时事的悲愤。这样的词，虽然同是小令，与五代及宋初的小令就大不相同，深刻多了。

再看他的真正代表作：

苔枝缀玉，有翠禽小小，枝上同宿。客里相逢，篱角黄昏，无言自倚修竹。昭君不惯胡沙远，但暗忆、江南江北。想佩环月夜归来，化作此花幽独。　犹记深宫旧事，那人正睡里，飞近蛾绿。莫似春风，不管盈盈，早与安排金屋。还教一片随波去，又却怨玉龙哀曲。等恁时，重觅幽香，已入小窗横幅。（《疏影》）

这是姜氏的自度腔，与《暗香》一首同为古今传诵之作。题目是咏梅。其中前段暗用杜诗，后段暗用寿阳公主事，迷离惝恍，忽粘忽脱，似乎吞吐隐晦。然而作者意在发抒靖康亡国时的幽愤，所以声情不免凄咽，而指事不能太明显。他的好词还有另一种。

人绕湘皋月坠时。斜横花树小，浸愁漪。一春幽事有谁知？东风冷，香远茜裙归。　鸥去昔游非。遥怜花可可，梦依依。九疑云杳断魂啼。相思血，都沁绿筠枝。（《小重山令》）

这也是咏梅的，寓意也略与前首相同。而幽深清峭，脱尽了前人窠臼。

读到姜词，会有这样一个感觉：南宋与北宋渐渐划了疆界。北宋还是继承五代小令的，南宋却不但在面貌上改变了，题材也大不同了。北宋的境界还有局限性，南宋更加广阔了。但是开辟得过于广阔，也就几于无可再发展，到此就接近尾声了。

词家有吴文英，颇像诗家有李商隐。从表面看来，只是刻翠雕红，一片锦绣，然而所含的内容是深曲的，组织也非常精细。虽然有人嫌他太秾密，仍然不失为一大家。

听风听雨过清明，愁草瘗花铭。楼前绿暗分携路，一丝柳、一寸柔情。料峭春寒中酒，交加晓梦啼莺。 西园日日扫林亭，依旧赏新晴。黄蜂频扑秋千索，有当时、纤手香凝。惆怅双鸳不到，幽阶一夜苔生。（《风入松》）

"黄蜂"两句，设想可谓深微极了，措词也非常秀雅，温柔敦厚，仍不失五代遗风，而更加绵密。若说吴词一味堆砌晦涩，是不确的。

再举一首为例。

门隔花深梦旧游，夕阳无语燕归愁。玉纤香动小帘

钩。　落絮无声春堕泪，行云有影月含羞。东风临夜冷于秋。（《浣溪沙》）

　　这是一片真幻交融的情景。"门隔花深"是想象，"夕阳"是所见，"帘钩"是所闻。"落絮"以下是当前所感，"东风临夜冷于秋"，则以今怀昔，照应首句之"梦旧游"。较五代词，精刻过之。

　　吴氏的长调果然有秾厚太过的弊病，然而也并非全体如此，试看下列一词：

　　湖山经醉惯，渍春衫，啼痕酒痕无限。又客长安，叹断襟零袂，涴尘谁浣？紫曲门荒，沿败井、风摇青蔓。对语东邻，犹是曾巢，谢堂双燕。

　　春梦人间须断。但怪得，当年梦缘能短。绣屋秦筝，傍海棠偏爱，夜深开宴。舞歇歌沉，花未减、红颜先变。伫久河桥欲去，斜阳泪满。（《三姝媚》）

这也是思故国感兴亡之作，而假过都城旧居为题。不仅哀艳，而且沉痛。因此可知吴氏其他作品所以近于生涩，也由于意在泯去感时伤事的痕迹。

另有一说，南宋词渐流于清浅率易，所以吴氏别具一种风格也是矫正流俗之一法。吴词一出，才使下笔作词的人不敢过于平滑。

据吴氏同时人引述他的作词法，有几句是很扼要的。他说："词之作难于诗，盖音律欲其协，不协则成长短之诗。下字欲其雅，不雅则近乎缠令之体。用字不可太露，露则直突而无深长之味。发意不可太高，高则狂怪而失柔婉之意。"

南宋以后的词没有什么大发展，甚至于寂寞消沉了几百年，到清初才又有人提倡。后来此道中人虽不少，然而总不过企图攀追宋词的优点，所以也不必细细讨论了。

唯有南北宋之间出了个女词家李清照，她的造诣有戛戛独造的地方，并不是傍人门户。有人以她与李后主相配，认为都是此道的当行本色，是很公允的。举她的小令、长调各一首。

春到长门春草青，江梅些子破，未开匀。碧云笼碾玉

成尘，留晓梦，惊破一瓯春。　花影压重门，疏帘铺淡月，好黄昏。二年三度负东君，归来也，着意过今春。（《小重山》）

这是她自己记述踪迹的词，大致说初春天气之可爱，写景轻秀，叙事清俊，不费气力，韵味无穷。一首之中包括五代、北宋、南宋词的妙处，不能不佩服她的才调。

落日镕金，暮云合璧，人在何处？染柳烟浓，吹梅笛怨，春意知几许？元宵佳节，融和天气，次第岂无风雨？来相召，香车宝马，谢他酒朋诗侣。　中州盛日，闺门多暇，记得偏重三五。铺翠冠儿，捻金雪柳，簇带争济楚。如今憔悴，风鬟霜鬓，怕见夜间出去。不如向帘儿底下，听人笑语。（《永遇乐》）

这词用当时的俗事俗话追写汴京盛时的元宵佳节，可算是富有现实性的词。后段只是平平说去，不用悼乱伤离的话头，而读者自然感觉到，才是本色的词，绝不是诗。

根据以上所介绍的名词来看，词与诗有相通的地方，也有差异的地方。词本来仍属于诗歌的范围，所以基本上有些原则是可以互相适用的。现在只提出几个稍微特别的问题来讨论一下。

第一，诗是大众的语言，词也是大众的语言。凡是一种新诗体的出现，总是由于这种新诗体更能体现现实生活，更能适合大众的欣赏要求。到了晚唐，诗的变化已经几乎到了绝境。诗人大都朝俗文学的方向走，只是旧诗体的束缚太深，仍旧在这个圈子里找出路终是有限的。所以词的体制形成以后，越来越为大众所喜爱。不过大众之所以喜爱词，并不是仅仅为了句子长短变化的关系，而最重要的还是因为接近口语。所谓接近口语也并不完全是说俗语可以入词，最重要的是能将曲折隐微的意思按言语的神情口吻写出。词是不能纯粹叙事的，也不能简单写景，总须有深切的情感，而用抑扬吞吐的语意层层透出。试举贺铸的《宛溪柳》下阕为例。

已恨归期不早，枉负狂年少。无奈风月多情，此去应相笑。心记新声缥缈，翻是相思调。明年春杪，宛溪杨柳，依旧青青为谁好？

已恨云云是一层，分两句说。无奈云云又是一层，也分两句说。心记云云又换一种说法，翻是云云作一小结。"明年春杪"一句宕开，以下两句接着以感叹作结。在句意转换之际，是不能用语助字表示的，而靠着韵律的作用，使读者自然领会。这不是俨然自说自话的神情口吻吗？

第二，因此，词的句法是很重要的问题。每一词牌有一定句数字数，每句的分逗也有一定。读起来按着句读音节体会其中表情，才能欣赏词的妙处。但词的句法虽有定，而文章的作法仍须由作者自己掌握，尽有伸缩余地。举周邦彦《瑞鹤仙》上半阕为例。

悄郊原带郭。行路永，客去车尘漠漠。斜阳映山落，敛余红犹恋，孤城栏角。凌波步弱，过短亭何用素约？有流莺劝我，重解绣鞍，缓引春酌。

这是周氏在旅途中遇着相识女性而作的词，首句先概括地写出当前景物，作为一篇纲领，这句末一字是要重读的。下句写旅程，以"行路永"三字一逗。"斜阳"一句再宕开，补写眼前所见，引起下句情感。"敛余红"一句前五字一逗，这是词律所规定的，但读起来还须在"红"字稍停，因为"犹恋"二字在意思上仍与"孤城栏角"相连，所以词的逗并不一定表示意思的完全停顿。"凌波步弱"四字提起另一件事，紧接着"过短亭"一句，音节非常跌宕而郑重。以下"有流莺劝我"虽是一逗，而读起来仍须在"莺"字稍停，因为劝我重解绣鞍缓引春酌仍是一件事，仍是一句话。

词中又有所谓领字，以开头一个字领起全句的意思。如柳永《八声甘州》："渐霜风凄紧，关河冷落，残照当楼。"以一"渐"字领下四字三句。秦观《八六子》："念柳外青骢别后，水边红袂分时。"以一"念"字领下六字二句。又有以二字领全句的，如秦观《八六子》："那堪片片飞花弄晚，蒙蒙残雨笼晴。"周邦彦《拜星月慢》："似觉琼枝玉树相倚，暖日明霞光烂。""那堪""似觉"都是领字。

关于词的句法，须参考《词律》《词谱》等书。有可以通融的，有万不能通融的，一种词牌也可能有各种的作法。除非作者能自度腔，总应当按着传统的规定去作。所以作词亦称填词，亦称倚声，不能像诗那样自由。

第三，词的用韵有不同于诗的。首先，一首词可以全用平韵而末用一句仄韵，如《西江月》，也可以在一首的中间插入别的韵，长的如《六州歌头》，短的如《醉垂鞭》。也可以一首八句的小词而用四个不同的韵，如《菩萨蛮》。还有不押韵的句子也押与平韵相应的仄韵，如贺铸的《台城游》。

至于词的押韵，比诗的限制宽些，诗所不能通用的，词可以通用。这是因为宋代中州语音已经起了变化，与唐代略有不同，所以唐人的诗所绝不混用的，宋人就不觉得有区别的必要。在作词的时候，因为接近口语，所以很自然地按方音来押韵，只有在作诗的时候，才仍旧严格遵守唐韵。例如苏轼的《蝶恋花》（已见前）以"画"字与"夜""麝"等字同押，"画"字属卦韵，与其他属祃韵的字本是两种音，而从宋代到如今已经换了读音，所以可以通押。又如姜夔的《踏莎行》，以"染"字与"软"字同押，染属琰韵，与软属铣韵的也大不同，也是从宋代到如今普通话都不再分别的缘故。

不过词韵的放宽，在名家词中也只是偶然遇见，并没有完全打破传统范围。姜夔的《长亭怨慢》以"此"字与"树""絮""户"等字同押，按今天的读音说，总不适当，似乎不足为训。

第四，词是继承三百篇以下的传统而产生的。由于音调之优美，宜于表达缠绵悱恻的感情，所以绝大部分的词是写美人香草的。特别是写两性的恋情，那样浓烈，那样毫无隐蔽，悲欢离合，万绪千端，使人得到戏曲般的感动。

从上文引述的例子可以看出唐、五代到北宋的词，几乎全是以恋情为主题的。作词的人未必都真有自身的体验，也不是真有恋爱的事实。

向来有句话，说："凡劳人思妇之有作，皆忠臣孝子之用心。"词的表面可以极香艳，而内容是有寄托的。后人能推测出来的固然不乏，而词旨隐晦，年深日久，不能索解的，当然更多。诗固然如此，词为尤甚。因为作词的原意就是不愿直说。举南宋末年无名氏所作之刺时政一词为例。

半堤花雨，对芳辰消遣，无奈情绪。春色尚堪描画在，万紫千红尘土。鹃促归期，莺收佞舌，燕作留人语。绕栏红药，韶华留此孤主。真个恨杀东风，几番过了，不似今番苦。乐事赏心磨灭尽，忽见飞书传羽。湖水湖烟，峰南峰北，总是堪伤处。新塘杨柳，小腰犹自歌舞。

（《百字令》）

这词流传的时候，已经说明是对贾似道而作的，所以我们觉得词意明白。假使不知道词的本事，还不也会当它是普通的伤春之词吗？

所以从词的表面来看，仅仅看见绮罗脂粉的字眼，以为词的内容是浮浅的，那未免有时成为误解了。

今后词还有发展余地没有呢？词的本意是配合声乐的，不过到了南宋，已经不甚在这方面注重，而词的用途已经差不多与诗合而为一了，替人做寿也可以用词，滑稽调笑也可以用词。所以宋的末期，词已经成为玩物，不甚登大雅之堂。直到清代，才把词的正宗兴复起来，特别在晚清以至近代，词家的作品高超的可以抗衡北宋。原因是诗的趣味不够浓厚，境界不够变化，好新厌故的人就再从词中求生路。然而只是把旧词的声律字句考究精详，按着规律去填字而已，词只能算诗歌的另一种体裁，与实际歌奏的乐曲无关了。那么，今后词的发展恐怕也只能作为长短句的诗而发展了。既然诗还可以发展，词自然是不能例外的。

请看古代乐府在诗歌中的地位，也就可以推断词的地位了。汉魏的乐府原是歌曲，然而后来的作者只是摹拟其声调，袭用其题目，陈陈相因，成了一种毫无实用的装饰品。杜甫首先打破了旧习惯，到了中唐的元稹、白居易、李绅出来，创造了新乐府，连形式和内容都比以前大大进步。于是汉魏乐府的形式成为僵死的，没有人再去追摹了。或者词在今后，也会脱去词律的严密束缚，而但取词的参差句法，大致不乖平仄，与旧诗的几种体裁相辅而行。至于像专门词家所斤斤较量的声律，恐怕也会成为过去的了。

第五篇　写作方法

学作诗应当怎样入手呢？没有读熟若干首古人的诗，不宜急于习作，即使要作，也不宜先作律诗和绝句。

古人的诗值得我们熟读的也并不甚多，首先，像《古诗十九首》、曹植、阮籍、左思、陆机、陶潜、谢灵运、谢朓、鲍照各家的诗，挑自己所喜爱的，每种读熟一两首，也就可以打好基础了。所谓熟者，也不是一定要背得出来，不过口和眼都接触得多，在脑子里留下深刻的印象就行。然后仿照他们的样子自己作两句比比看，看什么地方不像，再改，总要能够用他们的字眼，仿他们的句法，作起来不很费力，就可以暂时告一段落，不必急于自己找题目作整首的诗。

以后再从唐人的五律中选一二十首，这却要读得更熟些，因为五律是很容易上口的。像王维、杜甫两家的五律，尤其要紧。专读这两家，或者专读杜诗也可以。熟了以后，就挑出诗中的一联，自己找些字来换上试试看，先换实字，次换虚字，到能够完全换成新字为止。这样就能依傍古人的成句自己造出句子，等于以古人的字作范本临摹出来，这是最简单有效而且最正当无流弊的练习法。五律熟了，七律也是一样。七律可以选杜甫、白居易、李商隐等三家中平实流畅的一二十首读熟，把对仗及音节掌握住，再用前面的方法练习造句。

此外，杜甫、白居易的七古是要熟读几篇的，但不必急于习作。五绝、五排、七排都可以不必管。唐人的七绝名作最多，必须选读二三十首。如果自己有什么感触，想用诗来表达，不妨先作短的五古试试，然后按部就班，把五律、七律都练习一下。

以上是学作诗的程序，为一个初学者打算，这样就可以了。主要的筋节也算都接触到了。有了这点基本的能力，以后尽可自己随意去发展。所怕的是东涂西抹，百无一成。只要入门没有走错路，总有成功的希望。

至于怎样可以成为一个诗家，那不是简单几句话所能说明的，不过也有一句话可以作为指南针。诗的好坏不系乎一种因素，技巧只是其中一种而已，只是初步的条件而已，专在这上面去追求是不够的。古人说读书积理。按现在的话说，就是要丰富知识，加深体验。在诗以外多用功夫，才能得到熏陶修养，才能培养自己的欣赏、鉴别、创作能力。

最后总要能够从自己心坎上欣赏名作，有独立的见解，鉴别好坏，创造新的风格境界，而不仅是傍人门户，依样葫芦。

如果对于旧诗已经有相当认识，规律也能掌握大概，那么，在学习写作的时候，有几点是应当注意的。

第一，作诗不必预先想定题目。古人的好诗都是先把诗作成，再来斟酌题目的。如果觉得这首诗的涵义不是一个题目所能包括的，简直就不定题目，因而只截取句首或句中的两三个字算作题目，像这样的诗其实也就是没有题目的诗罢了。

谈到这里，顺便把李商隐的《锦瑟》讨论一下。这首诗在他的诗集里是开宗明义第一篇，也是古今传诵不绝的一篇名诗。

锦瑟无端五十弦，一弦一柱思华年。庄生晓梦迷蝴蝶，望帝春心托杜鹃。沧海月明珠有泪，蓝田日暖玉生烟。此情可待成追忆，只是当时已惘然！

这诗明明不是咏锦瑟。开始两句虽然就锦瑟说，底下全然不知道说到什么地方去了。锦瑟不知怎样变成了五十弦，由瑟的弦和柱想到过去的年华。第三、四句是说梦境迷离，春心悲恋；第五、六句是说意中人的神情容貌，所以用的字句都是很华艳的，华艳的字句往往就把整个的意思遮掩得似可解似不可解。就这样下去，岂不是几乎等于说梦话、猜哑谜？那又还成什么好诗？所以第七、八句就要清清楚楚说出悼亡的意思。他说："这样的情感难道今天追想起来才发生吗？其实在当时早已觉得有些预兆了。"这两句话是没有什么难懂的，含义也很深刻动人。

可是后人对这首诗有许多想入非非的揣测，以致越弄越叫人不明白。其实这是读者过于求深的坏处，作者未必有此心。作者作诗的时候，只不过把似梦非梦的心境写出来，至于读者怎样体会，他是不管的。因为个人的经历本来不一定详细告诉人，而况他的悼亡事实在他的诗文集里已经提到过不知多少次，又何必首首诗都加上刻板式的题目？所以这首诗的题目写作《锦瑟》固然很好，写作"晓梦"也无不可，写作"追忆"更无不可。

李商隐另外有一种诗，简直称为"无题"，这又是一项问题。他的所谓无题诗不外乎艳情之作，既是艳情之作，又不外乎两种情况。一种是真有恋爱的事实，或者恋爱的想象，无论牵涉自己还是牵涉别人，总不宜于把诗中的本事说明出来。另一种是借男女间的恩怨悲欢有所讽刺，无论是对统治者还是对个人，也总不能说明出来。这种无题诗确是故意让别人猜谜的，而依靠诗句的暗示，也往往可以猜中十之七八，这样的作法已经成为约定俗成的习惯。假如真是作诗而没有固定题目，倒不可以滥用"无题"二字。

当然，无论什么样的文章，离开了题目就会令人不知所云。能够抓紧题目，环绕这个题目，千言万语，依然不离轨道，这是最好的。这个原则大家都不可忘记。不过原则虽是这样，应用起来还须灵活，不能专在这上面注意而不顾其他。请看苏轼的一首梨花诗：

梨花淡白柳深青，柳絮飞时花满城。
惆怅东阑一株雪，人生看得几清明？

他明明咏的是梨花，可是说梨花先以柳作陪衬，结果所谓"东阑一株雪"还是专说梨花。这以严格的诗律而论，好像有点不合。然而流丽宛转，生动有情，无人不承认是好诗，决不因此稍为影响其价值。这可以启发我们，作梨花的诗，也不要拿梨花这个题目塞在脑子里，那就不容易作得好了。不过还须指出：苏轼所定的题目是《和人东阑梨花》。他并不是咏一般的梨花。以东阑梨花为题，所以，"惆怅东阑一株雪"这句诗有了着落。这又看出古人先把诗作成，再就诗定题目的苦心。如果这诗的题目仅仅是梨花二字，就太含浑不贴切了。

在从前，学作诗是为应试用的，特别是科场中所用的试帖诗，专门考究要扣紧题目，格律森严。从这种诗入手，就和女人裹小脚一样，以后再也放不开了。我们现在作诗，应该直接以古人的好诗为法，发抒自己的胸怀，用不着蹈过去的覆辙，受题目的拘束。

第二，作诗以兴到为主，长短深浅各随当时的兴之所至，不必预先指定一种形式勉强去迁就。须知古人创出许多诗的体裁，愈到后来，形式愈丰富。我们即使不再创造新的，也应当可以尽量利用已有的各种体裁，加以变化。普通人往往只就眼前习见的七律七绝反复摹仿，形式太单调，意思就要受限制，诗境也必然停滞在某一阶段上，那是很可惜的。比如说：要想作好的七律，绝不是天天读七律，天天作七律就能达到目的。也应当作过五古、七古、五律，得到这些诗的奥妙，熟悉这些诗的作法，然后运用在七律上面，才有雄厚的局面，才有变化，才不是傍人门户，优孟衣冠。

请看陈子昂的《登幽州台歌》：

前不见古人，后不见来者。
念天地之悠悠，独怆然而涕下。

这二十二字之中，前十字是从汉人的诗来的，后十二字是从汉人的赋来的。拿两种形式杂糅在二十二字中，就又成了一种新的产品。这不都是很习见的形式，很浅显的意思，很自然的情感，很单纯的句法吗？这种诗有什么难作？古人可以这样，我们为什么不能呢？

再看李白的诗，更是显然。他可以在一首之中，忽用《诗经》的四言句法，忽用《楚辞》的"兮"字句法，忽用散文的"之"字句法，短的以三字为句，长的以九字为句，古奥的时候非常古奥，艳丽的时候又非常艳丽。这不是尽取各家之长而不拘一格么？古人已经把他所能利用的都利用了，我们为什么不又把古人所未曾利用的也照样利用呢？

有人说：古诗当中不宜杂以律诗句子，律诗当中不宜杂以古诗句子。这话当然不是全无理由，但事实上，古诗杂律诗句子是有人这样作的，例如李白的《襄阳歌》中："遥看汉水鸭头绿，恰似葡萄初酸醅。"就很像律诗的色泽和音节。至于律诗杂古诗的句子，在杜甫诗中也常有。例如他的《十一月一日》三首之一下半段："新亭举目风景切，茂陵著书消渴长。春花不愁不烂漫，楚客唯听櫂相将。"就很像七古，而不像七律。到了宋代，更有许多作家故意使律诗中带有古诗的风味，以求脱去庸俗面目。不但此也，在一种新体裁还没有成为定型的阶段中，本没有任何清楚的界线。齐梁的新体诗不就是半五古半五律吗？初唐七言歌行最流行的时代，七律还没有出现，像卢照邻《长安古意》中的"借问吹箫向紫烟，曾经学舞度芳年。得成比目何辞死？愿作鸳鸯不羡仙。"以及"双燕双飞绕画梁，罗帷翠被郁金香。片片行云著蝉翼，纤纤初月上鸦黄。"不简直是七律的半首吗？

不过在初学的人也必须自己先把主意拿定，然后在必要的时候酌量把尺度放宽，不要处处受拘束就是了。而且变化起来，也要自己有个分寸，不妨碍整个的体段才好。若是东一句西一句瞎扯，当然也不成其为诗。

就古人已经用过的体裁来说，除习见的五古、七古、五律、七律、五绝、七绝以外，有些别体，可以在这里谈一谈。

在六朝的末期，有一种五古，是用长篇歌行的形式作出来的。这是由于作者的资料和情感特别丰富，意思层出不穷，于是每一段终了，用钩联的方式过渡到第二段，另换一韵，韵的平仄是相间而用的。这种诗也属于五古一类，但已经含有律诗整齐排比的体段了（详见关于庾信的部分）。

唐人偶然有先用五古句法开始，再转为七古的，这也能使诗的音节格外优美。不过由短句改为长句较为悦耳，由长句改为短句却少有人作，因为先长后短，会使人感觉音节的逼促不舒。

五律、七律都必须押平声韵，这是大家已经知道的，但唐人也有押仄声韵的五、七律，特别是五律更多。作法与押平声韵完全没有不同。在唐人看来，这是不足为奇的。但后人总觉不顺口，也不入耳，所以不大有人作了。

七律的组织可以完全正常，而平仄的规律却完全反常，这种七律名为拗体，或称吴体。以上所举的两种都似乎是有意出奇，不是很自然的，姑备一格而已。

有一种采用散文的形式作长诗，其中有对白，有叙事，句法的长短，词令的雅俗都不受拘束。比起散文来，好像更自由。卢全的《月蚀》诗就是这样作法，但只能用在特殊的场合，不能博得多数人的爱好。

律诗之中又有一种似用对仗非用对仗的，与那以散行的句法杂入律诗中又不同。后者如崔颢的《黄鹤楼》诗，前者则在李贺的诗中常可发现。例如：

吴苑晓苍苍，宫衣水溅黄。小鬟红粉薄，骑马珮珠长。
路指台城迥，罗熏袴褶香。行云沾翠辇，今日似襄王。

"小鬟"对"骑马"，"台城"对"袴褶"，都只是略取对偶的意思，一般的唐人律诗没有这样的作法。

另有一种虽用律诗的音节，却只是一口气说出而并不用对仗的诗。例如元稹《水上寄乐天》一首：

眼前明月水，先入汉江流。汉水流江海，西江到庾楼①。
庾楼今夜月，君岂在楼头？万一楼头望，还应望我愁。

---

① 庾楼是晋代庾亮的遗迹，在今江西九江市。

元稹这时在西川，而白居易在九江。元稹只就眼前所看见的一片月光照耀的流水而想到这水是会流到庾楼的，又想到庾楼可能同样有月光，而白居易可能同样在楼上望月。既然同样望月，就一定也会想念我。这样深切的友情，当然要用这样宛转空灵的诗句表达，因而律诗的空套都可以抛弃不用了。元稹的律诗都带有一气流转的意味，这首诗更其胆大自由。

又有一种七言律诗衍成十几句，声调平仄完全合乎规律，而又不用对仗，只是散行的叙事。这样的诗，古人中只有李商隐曾经作过一首。语气很像通俗的唱本。我们不能说是好诗，但是照这个样子，打开窠臼，别创一种新的律体，应该未尝不可。

此外又有一种半律诗，在白居易诗集中常可以看见。所谓半律诗也有两种：一是音节对仗近于律诗，而长短不拘。一是律诗只作六句，而不完成八句。前者的例子如：

一束苍苍色，知从涧底来。劚掘经几日？枝叶满尘埃。

不买非他意，城中无地栽。（《赠卖松者》）

这诗虽像古体，但起结都是律诗的格调，不过当中两句不对，而每联都是仄起，又只有六句，所以也不完全是律诗。

至于纯粹律诗而只作六句的，则如：

紫阁峰西清渭东，野烟深处夕阳中。风荷老叶萧条绿，水蓼残花寂寞红。我厌宦游君失意，可怜秋思两心同。

（《县西郊秋寄赠马造》）

这完全是因为话说完了，不必再勉强凑成八句。足见古人不为习俗所拘，只求心安理得。我们在今天学习旧诗，应该充分效法古人，广泛地利用各种形式，甚至创造形式来增加诗境的博大丰富，不应该再拘泥于眼前所习见的。

第三，是拟古的问题，这个问题很值得郑重讨论。当然，作诗一定要表现特性，如果专门摹拟古人，即使十分逼真，也没有价值。何况有名的诗篇都是只可有一不可有二的。勉强去学，不但徒劳无功，而且正如古人所说"东施效颦""邯郸学步"的笑话，其愚不可及了。

不过为初学计，最简单有效的方法还是拟古。这和学写字丝毫没有两样。古人不但初学的时候要临摹，即使到本人成熟的阶段还是要不断临写名家的真迹，甚至还要用油纸映写，求其形似。这个道理很容易明白。一定要吸取别人的长处，然后能发挥自己的长处，并且能发现自己的短处而加以纠正。何况初学，写字的间架还不能稳，用笔还不能自如，让他在名家的真迹上映写，写起来感觉有依傍，不吃力，不需要很久工夫，就能把基本技巧掌握住了，比起那脱手对临的可以更速成，而且所得的不良影响也较少。作诗正是如此。

既然如此，同样要摹拟，与其摹拟后人的，就不如摹拟前人的。正如古人所说：学写字的，与其临仿唐人所临的晋帖，何不直接临仿晋帖呢？学诗的要从汉魏诗学起也是这个道理。从汉魏诗入手的，气息必然深厚，骨力必然雄健。有了这个底子，再在谢、鲍的诗上用一番摹拟功夫，以后再选定唐人的一家，认真学习，所费的力并不多，而所得的益处是可以保证的。学诗的正当方法无过于此。

不要看不起拟古。梁朝的江淹作了《杂拟》三十首，他把以前有名的诗派，每种仿照一首，各有各的特性，各是各的面目。不但摹拟得非常逼真，甚至比原作还要出色。这三十首诗载在《文选》中，取来一读，无异于从汉魏到齐梁诗派的总说明。像他这样有系统的拟古，本身已经是一种成就，江淹即使不再作别的诗，这三十首诗已经可以使他名垂不朽了。

唐朝还有一个人善于拟古，就是李商隐。他不但学六朝乐府，学齐梁新体，并且学他的前辈，学杜甫、学李贺、学韩愈、学白居易，无一不像，甚至也超过他所学的人。他是不讳言摹拟的。在他摹拟的时候，把自己忘记了，精神全注在所摹的对象上。可是离开了摹拟，他立刻又把所摹到的优点融会在自己的固有风格上。这是值得我们学习的。

古人有句话："良工不示人以璞。"自己在初学过程中所作的诗，当然不会是很好的，不要给人看就是了。李商隐的这些诗，是自己已经成熟，有本领可以与原作者抗衡，然后作出来的，所以他也不怕明说出来，更不怕人看出来。我们呢，就只可把拟古当作一种手段、方法，不可当它是真正作诗。

真正作诗一定要说自己的话，脱去别人的影响，不可再留有摹拟的痕迹。

究竟到什么程度才可以脱离拟古，到什么阶段才能成为自己的诗，这要看个人的功夫和性分了。勤学而又聪明的人当然快些。不过一般说来，也可以下这样一个断语，拟古而能作到形似，拟古的功夫就可以算够了。看别人的（包括古人的诗）而能看出其中好处，也能看出其中坏处，好处自然会被吸收，坏处自然会被扬弃。别人的好坏都经了眼，就差不多自己能独立作诗了。

第四，人的性情好尚各有不同，可能某人对某家某派的诗气味相投，特别爱好，这完全是个人的自愿，不能硬性规定一种标准强人以相从。本书的作者并没有在这里特别替某个古人捧场，或是特别否定某个古人成就的意思。不过想指出一般作家容易偏差的几种流弊。

是哪些流弊应当谨防呢？

其一是咏物诗不宜多作。咏物诗既以一件东西为诗题，作起诗来就不能不专在这上面寻头觅缝，句句想要贴切，丝毫不敢松开。势必穷形尽相，一味刻画，意思必流于纤巧，组织必流于板滞，这就失去好诗的条件了。如果一定要作咏物诗，也只宜选取大些的题目，把自己的怀抱感想寄托其中。

王士祯的《秋柳》四首七律是脍炙人口的，后来许多人学他，和他的韵，甚至仿作春柳、夏柳、冬柳。殊不知他的原诗是借秋柳为题，来凭吊南明的旧事。因为不愿意明说出来，怕触当时的忌讳，所以用这个法子，这种法子是古人常用的。他的诗虽不算十分上等，也总是好的。若是无缘无故专作四首诗来咏春柳，又有什么意思呢？专门在这上头浪费精力，真是合着扬雄那句话："雕虫小技，壮夫不为"了。

其二是和韵的诗不宜多作。古人朋友之间，常有一唱一和的，甚至有本人不和而别人代和的，在《文选》中可以看到这种例子。因为诗以感情为主，而感情是互相启发，互相应答的。有一面之词，还有对面之词，有首唱的意思，还有答和的意思。或是互相引申，或是互相安慰，或是互相诘责，必如此才能将感情发挥尽致。这是唱和诗的正宗[1]。后世的人，你作一首这样的诗，他也作一首这样的诗，

---

[1]　洪迈《容斋随笔》曾经举出杜诗中与人唱和的例子，如高适寄杜："愧尔东西南北人，"杜的答诗是："东西南北更堪论。"高又说："草玄今已毕，此外更何言？"杜的答诗是："草玄吾岂敢？赋或似相如。"杜寄严武云："何路出巴山？重岩细菊斑。遥知簇鞍马，回首白云间。"严的答诗是："卧向巴山月落时，篱外黄花菊对谁？马望君非一度，冷猿秋雁不胜悲。"杜送韦迢云："洞庭无过雁，书疏莫相忘。"韦的答诗是："相忆无南燕，何时有报章？"郭受寄杜云："春兴不知凡几首？"杜的答诗是："药裹关心诗总废。"都是一往一来，具有书札意味的。

明为唱和，其实也等于各说各的话，彼此不相关顾，已经无味了。和诗而用同一样的韵，不过求其音节调和，意思也有点依傍，更加深唱和的作用。古人对于和韵有三种不同的办法。一是用韵，只用原诗同一的韵，而不一定仍用原诗的字。二是依韵，用原诗的字，而不一定依原来的次序。三是次韵，才是按原诗的字毫不改动。第三种办法，元稹与白居易、皮日休与陆龟蒙是最爱用的。不但短篇，甚至长达百韵的诗也是如此。结果是因难见巧，读者两下对照，格外增加喜爱。作者也兴致勃发，愈唱愈高。诗的方式因此又添了花样翻新之美。可是他们始终还是一唱一酬，互相补充，从来没有各说各话的。

到了宋代，就有用同一的韵，叠之至再至三，以至十数，而所说的并不是一事，前后又无关联。结果等于是借韵来限制诗，又是一种争奇斗巧罢了①。在无事寻消遣的人或者可以作为一种娱乐，而在工于作诗的人或者也可以因此产生些新奇可喜的诗，但究竟是有意作出来的，不是自然的，不是有真情实感的。

----

① 王若虚《滹南诗话》曾指出：宋人的诗已经衰薄，而又专讲次韵，苏轼就不免犯此病，集中次韵的诗几乎占了三分之一。即使十分工巧，也就有失自然。

其三是不要常常搬用陈词滥套。从前有讥笑苏轼诗文中用"人生如寄耳！"五字至十几次之多，这类的话是人人想得到的，也是人人口头常说的，说多了尚且不免讨厌，何况行之于诗文呢？诗是艺术品，总要有独立的特色，才能吸引人，不可拾人唾余。

初学作诗，虽然不一定就能出人头地，自己也要立志不凡，不可妄自菲薄。首先要注意是不是意思能比别人深一层，如果意思不能比别人深，那么，措辞就要避免与别人雷同。能够这样比人占先一着，才有成功的希望，否则永远随人俯仰，是不会作出好诗的。

特别在初学拟古的时候，总有古人的榜样横亘胸中，难免养成把古人成句生吞活剥、死搬硬套的习惯，这是应当自己随时警惕的。拟古只可学古人的句法、词藻、音调，而不可直接抄袭。

古人偶然也有似乎抄袭的，例如王维有"江流天地外，山色有无中"的名句，而欧阳修的词里也有"平山阑槛倚晴空，山色有无中"，这是运用成句，不是抄袭。此外，也还有确与前人雷同的，那是因为把前人的诗句融化在自己胸中了，无意中脱露出来，自己也不觉得与前人犯了重复，这也与有意抄袭的不同。因为有意抄袭的，全首诗必不能相称，而无意重复的，从全首诗看来，仍然有其独到的地方。

其四，初学还有一个容易犯的毛病，就是脱离不了眼前常用而令人生厌的那些典故。例如涉及菊花的就是"陶令""东篱""晚香"，涉及梅花就是"罗浮""东阁""暗香疏影"等。这已经是多年的痼习，聪明杰出的人都不以为然。所以有所谓禁体，例如咏雪的诗不许用"玉""瑶""银""鹤"等字，咏美人的诗不许用"金""玉""翠""绣"等字。不过这样又未免矫枉过正。初学总要自己留神，学古人名家，就可以少染这种习气，古人名家纵也用这些字眼，他们从全首看来，一定是有新意，不落凡俗的。

所以在立意上、在用事遣词上，都要避免庸俗。所谓避免庸俗，并不是像唐朝人讥笑徐彦伯的，把"玉水"改作"铣溪"，"龙门"改作"虬户"，这样刻意求奇，不但不奇而且更俗。试把杜甫"红入桃花嫩，青归柳叶新"的两句诗细玩一下，就知道俗与不俗之分了。桃花红，柳叶青，这是最凡俗不过的意思和词句，即使加一个字成为桃花红嫩，柳叶青新，依然不见得与众不同，可是他用上一个"入"字，一个"归"字，而且打破寻常习惯，"红"字、

"青"字不放在句尾而放在句首，立刻就使意思深切而词句新警，最凡俗的几个字反而组织成名句了。

第五是题材的问题，新的事物是不是可以收入旧诗呢？当然可以。不但生活方式随时代而变迁，连关于自然界的认识体会也古今不同。例如唐以前人的诗讲到茶的很少，而从唐人开始，茶道便成重要诗料之一了。这个"茶"字本来就是俗字，可是诗中讲到茶，不仅不俗，而且极雅。那么，有什么新的生活方式不能入诗呢？又如梅花是从六朝才开始入诗的，牡丹是从唐才开始入诗的，芙蓉（指初秋天气开花的木芙蓉，与以前称荷花为芙蓉的不同）、蜡梅、水仙等是从宋才开始入诗的。这些在现在看来不也是极雅的诗料，一点不感觉陌生吗？

唐人诗中常有引用当时俗事俗话的，例如涉及打球、竞渡、赌博、酒令等事，他们用在诗里，并不嫌俗，不过这些俗事俗话，经过相当时期以后会要僵死的，所以往往自己不加注解，后人就看不懂了。

译语入诗，也是古人大胆实行过的。根本上佛经的名词大半是从翻译来的，最显明的，例如"佛""僧""塔""劫"等字都是译音，而"世界""一切""声闻""度世"等字都是译意，而在诗中早已使用得很自然，很普遍了。即使是再偏僻些的字，古人也间或采以入诗，往往增加了色泽之美而不嫌突兀。不过，在这方面也有一种条件的限制，旧诗一定要注重词藻和音节，所用的词藻和音节一定要与诗的格局相调和，这是要以字眼迁就诗，而不能以诗迁就字眼的。如果弄得读起来诘屈聱牙而看起来不顺眼，那就不合旧诗的格式了。

第六，切与不切的问题。一般所谓切题，就是扣紧题目作出来的，题目以内的话都顾到，而题目以外的话不牵入。作到这样，当然可以证明作者具有经验，曾费匠心。但是过于拘泥这一点，就会陷于板滞庸俗，像上文所指出的那样。现在所要谈的切与不切，是亲切不亲切的问题。所谓亲切不亲切，是说作诗的人能不能把自己放进诗里，而成为自己的诗。

诗的资料是随着时代而日益丰富的，作诗的机会也一天比一天多，如果没有一点限制，就会随口敷衍，形成滥调。要矫正这种弊病，必须在作诗之先，问问自己，是不是真有几句话要说，是为了要作好诗才作诗呢，还是有一番不可遏抑的情绪或兴趣而作诗呢？孔子说："古之学者为己，今之学者为人。"为己之学是自己受用的，那就是有益的，为人之学是敷衍骗人的，那就是无益的。应用到诗上来，就可以得出一个结论：自己受用的诗，具备了一个基本条件，可以希望日益进步，始终有成就。如果专为博取他人喜爱，已经取径不高，何况还是敷衍的呢？

也许有人问："诗有写景的地方，也有写情的地方。既有写情的地方，岂不就是把自己写进去了吗？"事实上殊不如此。顾炎武曾经反对过两种诗，一是言之无物，一是无病而呻。言之无物固然是古今诗人常免不了的毛病，无病而呻更是一般浅学最易犯的恶习。开口闭口，总是"伤心""下泪"一类的话，以为这就是写情，那么，这种写情仍旧是言不由衷的，如何算得真有自己在内呢？

每首诗离不了"伤心""下泪"的话头，这也许是从杜诗起养成的习气，杜甫本人有他的不可遏抑的情感，写得真挚，自然使读者受感动而不引起嫌恶。尽管如此，他也不是永远用一个模型，还有变化。学杜的人究竟不应当专在这种地方模仿，专模仿这种句调，是注定失败的。

用上述的标准去衡量前人的诗，判断其优劣，是可以十得七八的，用来测验自己的诗是不是站得住，也是相当准确的。古人说得最好，"修辞立其诚"，自己没有真挚的情感，而能使人接受，那是没有的事。

最后我们还要记住孔子的话："诗可以兴，可以观，可以群，可以怨。"王夫之在他的《姜斋诗话》里作了一番阐发。他说："于所兴而可观，其兴也深；于所观而可兴，其观也审。以其群者而怨，怨愈不忘；以其怨者而群，群乃益挚。"再用来印证上面的话，就可以得出一个结论，"兴"是启发，"观"是观察，"群"是对人的关系，"怨"是对人的感情。先有启发，后有观察，启发要深微，观察要透切，要有浓挚的对人关系，然后有深厚的对人感情，四者也是相互连锁的，不是孤立的。

第七，是作诗的技巧问题，还是谈起来一言难尽的，在本书中各章有互见的地方，读者可以彼此参看。现在只想指出些不可不知的禁忌，或者对于初学有些益处。

其一，作古诗，无论押平韵还是押仄韵，上句的末一字应当平仄相间而用，不是机械地一平一仄或是几平几仄，但总要有平有仄。换句话说，古诗不宜每一单句的末一字都是平声，也不宜每一单句的末一字都是仄声。①古诗与律诗根本的区别在于律诗一定要严格谐和，而古诗要在谐

---

① 举王昌龄《塞上曲》为例："蝉鸣桑树间，八月萧关道。出塞复入塞，处处黄芦草。从来幽并客，皆向沙场老。莫学游侠儿，矜夸紫骝好。"四个单句的末一字为"间""塞""客""儿"，是平仄仄平相间用的。

和之中寓有偏激。平声多用，音节就弛缓平和。仄声多用，音节就紧凑高亢。作古诗必须斟酌句意，调节音律，使读者随音律而体会作者的情绪。不但每一单句末一字的平仄不可太规律化，连句中的平仄也要避免与律诗的规律相同。如果古诗读起来有像律诗的句子，偶然一句还不要紧，多了就使人有四不像的感觉了。

有一种七古是要讲究音节和对仗的，却不嫌与律诗相同，但也不可完全相同。以《长恨歌》为例，其中有对的，有不对的，有四句一转韵的，有六句八句一转韵的，有平仄相间押韵的，有连押平韵或连押仄韵的。这就证明：即使是接近律诗的古诗也不可一味过于呆板。

其二，五七律的下句当然总是押平韵，而上句的末一字也当然总是仄声，不过仄声之中，应当上去入交替使用。如果三句都用上声或去声或入声煞尾，那是不悦耳的。这个毛病，古人犯的也不少。若第三句与第五句末一字不但同声，而且同韵，如杜诗："春知催柳别，江与放船清。农事闻人说，山光见鸟情。""别""说"不但同为入声，而且同一韵，这更应当避免。

其三，在律诗中，押韵的字不宜同一声组，要有变化。例如"萧"字与"消"字的连押，也是不悦耳的。同一意义的字也不宜在一首中同押，例如"花"字用了，即不宜再用"葩"字，"芳"字用了，即不宜再用"香"字。

其四，律诗的对仗总以工稳为主，如果两边对得不相称，是不好的。不过如果本来十分自然，万万不能改变，也就不必勉强。例如李商隐的"于今腐草无萤火，终古垂杨有暮鸦"，"萤"应当对"鸦"，而一在上一在下，虽不工稳而非常自然，也不足为病。又如白居易的"行宫见月伤心色，夜雨闻铃肠断声"，"伤"与"断"，"心"与"肠"互相颠倒，也是因为自然，所以不必迁就。

其五，对仗用古事，时代要相近，性质也要相近，不宜硬凑。如果找不到适当的对仗，而这个典故又是必要用的，那就不如用在单句里，例如杜牧的"古往今来只如此，牛山何必独沾衣？"牛山是齐景公的典故，未必有恰当的典故可以作对，这样一来，就用得非常自然了。

其六，初学对句，总喜欢以天然相反的字作对，例如以新对旧，以去对来，假如意思新鲜，这原是可以的，但仍应极力避免太熟见的字或词。有人以闻对见，以几时对何处，由于成了脱口而出的熟调，所以也就不免为诗之累。总之，上句与下句相对的字面虽然要工整，却不可呆板重复。呆板而重复的对仗，名为合掌，是作诗禁忌之一。

其七，连章的诗不一定说一件事，而题目是总的，那么，每首都应当顾住这个题目，而且首尾先后也要起讫分明。像杜甫的《秋兴》八首，每首都含有秋字的意思，而八章的次序也是不可更改的，这是正当的作法。如果随意成诗，不拘此格，那么，就应该在题目里说明。有些人将几首不相关顾的诗凑在一起，那个是不合古法的。

第六篇　论诗零拾

诗的发展次第

历代诗的发展次第，前人有些比方，可以帮助我们了解得更透彻。例如钱泳的《履园丛话》，以诗比花木，三百篇是萌芽时代，到了汉魏，才生枝布叶，六朝则结蕊含香，到唐代盛开，宋元则花谢香消，残红满地。间有一枝两枝晚开的花，也都精神薄弱，不似芳春光景。至于明代的七子。等于刮绒通草花，只是人工，不是天然的花了。

叶燮的《原诗》举出两个比喻。第一，汉魏诗如画家在纸上粗定规模，而远近浓淡，层次脱卸俱未分明。六朝诗则稍知烘染设色，微分浓淡，而尚在形似意想之间。唐诗则浓淡远近层次一一分明，能事大备，精工已极。宋诗则又在精工以外更求变化。第二，汉魏诗如开始架屋，栋梁门户略具规模。六朝诗始有窗棂楹槛屏蔽开阖。唐诗又于屋中设帷帐床榻器物装饰，并加以丹垩雕镂之工。宋诗则于陈设中又添种种玩好。两种比喻都相当确切。

情与景

初学作诗往往只能写情写景，而景与情融合为一却很难作到。有人将杜甫五律诗中写景写情的几种方法列了一个表，颇于初学有益。

（一）上联景下联情之例
天高云去尽，江迥月来迟。
衰谢多扶病，招邀屡有期。

（二）上联情下联景之例
身无却少壮，迹有但羁栖。
江水流城郭，春风入鼓鼙。

（三）景中情之例
水流心不竞，云在意俱迟。

（四）情中景之例

卷帘唯白水，隐几亦青山。

（五）情景不分例

感时花溅泪，恨别鸟惊心。

（六）一句情一句景之例

白首多年疾，秋天昨夜凉。高风下木叶，永夜揽
貂裘。

（七）前六句皆景之例

淅淅风生砌，团团月隐墙。遥空秋雁灭，半岭暮云
长。病叶多先坠，寒花只暂香。巴城添泪眼，今夕复
清光。

（八）后六句皆景之例

清秋望不尽，迢递起层阴。远水兼天净，孤城隐雾
深。叶稀风更落，山迥日初沉。独鹤归何晚，昏鸦已
满林。

这是范晞文《对床夜话》的说法。其实也只可作为比照而已。细按起来，写情的句子很难完全离开写景，而写景的句子也往往含有情。特别在第七、第八两例中，虽说六句皆景，其实"风生砌""月隐墙""秋雁灭""暮云长"，已经寓有悲秋之感。而"多先坠"，"只暂香"更是极端富有情感的话。并不一定到第七八句才是写情。第八例中"水兼天""城隐雾""风更落""日初沉""鹤归晚""鸦满林"，也都是景中有情的。初学能在这种诗上体会一番，就不至于锢塞自己的思路，而能养成随意挥洒的能力了。

范氏所举也还有不完备的，即如杜甫诗中另有一种是八句全写景的。

棘树寒云色，茵陈春藕香。脆添生菜美，阴益食单凉。野鹤清晨出，山精白日藏。石林蟠水府，百里独苍苍。

也有八句全写情的。

昔别是何处？相逢皆老夫。故人还寂寞，削迹共艰虞。自失论文友，空知卖酒垆。平生飞动意，见尔不能无。

这个说法是谢榛的《四溟诗话》提出的。不过他举杜诗的"死去凭谁报"一首为八句皆情，殊不确，所以另举"昔别是何处"一首为例，较为恰当。

王夫之在他的《姜斋诗话》里又举出律诗中四句都是写景的例子，如："云霞出海曙，梅柳渡江春。淑气催黄鸟，晴光转绿蘋"又如："云飞北阙轻阴散，雨歇南山积翠来。御柳已争梅信发，林花不待晓风开。"他又说："四句俱情而无景语者，尤不可胜数，……截分两撅，则情不足兴而景非其景。"他的意思是说情景不能完全分开，如果拘泥上述的那些格式而不知道灵活运用，那就是自陷于绝境了。

理与事

诗人的话有时是不能以理来衡量的。因为诗的妙处在于含蓄，在于微渺，其寄托在可言不可言之间。不过叶燮有更深一层的说法。他说："可以借言语表达的固然是理，难于借言语表达的更是至理。可以借言语表达的理，人人都会讲，又何必诗人来讲呢？推而至于实有的事人人都会述，又何必诗人来述呢？"他举出杜甫的《玄元皇帝庙》一句诗："碧瓦初寒外"，作为说明的佐证。他说：外是对内而言的，初寒是什么东西，可以分成内外吗？而且难道碧瓦之外就没有初寒吗？寒是一种充塞于宇宙间的气候，气候是无所不在的，难道碧瓦在寒气之外，而寒气只盘踞于碧瓦之内吗？既曰初寒，难道严寒就不如此吗？初寒是无象无形的，而碧瓦是有物有质的，既把虚实混合起来而分出内外，究竟是写碧瓦呢，是写初寒呢？这是就字面而求其理总说不通的。可是设身处地，闭目一想当时所感受的情景，只有这样虚实、有无、内外互相映发才表达得出来。借着这五个字的组织，就可以领会到森严的庙宇中一种初寒的肃穆气象。碧瓦初寒都是实际所感受的，至于作者怎样感受，就必须有一副空灵的笔墨来抒写。假如我们写成了"碧瓦初寒际""碧瓦初寒觉""碧瓦初寒送""碧瓦初寒入"，也未尝不可。总不如杜句"碧瓦初寒外"一片空灵，可以意会而不可以言传。前人说王维诗中有画，诗中的画是诗家所独具而画家所不能办到的。风云雨雪种种景象，画家还有法子烘托，至于碧瓦初寒外的这种诗境，就连第一流的画家也无法着笔了。

他再举杜诗"月傍九霄多"，按一般习惯来说，讲到月，总是讲月的圆缺、明暗、高下、升沉，无所谓多少。叫别人来作这句诗，不是"月傍九霄明"，就是"月傍九霄升"了。若以景象而论，也算真切的了，以字眼而论，也算响亮的了。现在用了"多"字，按字面来追究，是月本来多吗？傍得九霄方才多吗？是月的本身多吗？还是月所照的境界多呢？本不容易讲得通。然而设身处地一想，九重宫阙，万籁无声，皓月当空，愈见千门万户的气象。下一个"多"字，才是此时此地的月，而且是杜甫当时所看见所感受的月，别人不能知，也不能言。若下一个"明""升"等字，则谁能不知，谁不能言？这就是不仅有此理，而且有此事。

古人有许多名句，从俗人眼里看来，衡之以理，理不可通，求之于事，事也没有。然而其中之理，虽似空虚而实真确，虽似渺茫而实切近，好像宛然心目之间。唐诗中如"蜀道之难，难于上青天"，"似将海水添宫漏"，"春风不度玉门关"，"天若有情天亦老"，"玉颜不及寒鸦色"，都是事所必无，但确为情之至语。情深则理真，情理既已交融，则事之有无也不必深较了。这样说来，若理事情都是实在的，都可以使用普通言语表达，人人都可以一见而了解，这种诗是一般的诗。然而有不可言之理，不可见之事，不可达之情，那么，就要幽渺以为理，想象以为事，惝恍以为情，方才是理、事、情三项都到家的诗（以上的话，大致是从叶氏《原诗》中采取的，但稍经变通，以求易于领会，不尽与原文相合）。

律诗的对法

律诗的对仗以工稳为主，对仗原是要求铢两悉称、精切不移的。分析起来，有下列几种对法。

一是平常稳妥的对法，如李白诗："柳色黄金嫩，梨花白雪香。玉楼巢翡翠，金殿锁鸳鸯。"不用出奇求新，而有自然之美。

一是取神韵而不取形迹的对法，如杜甫诗："汉节梅花外，春城海水边。"虽然铢两还是相称，却不在乎字之工整。春城在海水之边是固定的，汉节到梅花之外是移动的，由移动的而想到固定的，所以活泼而有神。

一是半实半虚的对法，如杜甫诗："旌旗日暖龙蛇动，宫殿风微燕雀高。"燕雀是实有的，龙蛇是旌旗上所绣的，铢两并不十分相称，但这种对法给人以想象丰富的启发，采用这种对法就不致陷于死窘。又李商隐诗："晓镜但愁云鬓改，夜吟应觉月光寒。"晓镜云鬓是实，而夜吟月光是虚。其例相同。

一是双方对照的对法，如杜甫诗："顾我老非题柱客，知君才是济川功。"一面说自己，一面说对方，两相对照，十分显明。这种对法容易流于平滑，非善于组织不宜轻学。

一是上下句互相呼应的对法，如杜诗："逐客虽皆万里去，悲君已是十年流。干戈况复尘随眼，鬓发还应雪满头。"这种对法增加气韵的生动，学者最宜体会。

一是上下句完全一意的对法，如白居易诗："小宴追凉散，平桥步月回。笙歌归院落，灯火下楼台。残暑蝉催尽，新秋雁带来。"三联都是上下句同一意思。这是加倍写景的方法，但学得不到家，就会陷于重叠拖沓。除非有极好的意境，总不宜多用。

一是借字面的对法，如杜甫诗："子云清自守，今日起为官。"子云是人名，今日是空话，只是借云来对日罢了。这样的作法，殊可不必。不过白居易诗："翠黛不须留五马，皇恩只许住三年。"翠黛本来不能对皇恩，但是皇音谐黄，可以借对翠字。不能对而借对，在流利的句法中显得并不牵强，这是好的。

一是成语不拘字面的对法，如杜甫诗："故人俱不利，谪宦两悠然。"不利本来不能对悠然，但已经是成语，就作为成语对成语了。李商隐诗："客鬓行如此，沧波坐渺然。"又："良辰多自感，作者岂徒然。"正是用的杜诗法。

一是句中对法，如杜甫诗："小院回廊春寂寂，浴凫飞鹭晚悠悠。"本句中院廊相对，凫鹭相对。又如王维诗："赭圻将赤岸，击汰复扬舲。"本句中"赭圻"与"赤岸"相对，"击汰"与"扬舲"相对。

一是句中自相重叠的对法，如李商隐诗："池光不定花光乱，日气初涵露气干。""花光"叠"池光"，"露气"叠"日气"，以此取工巧。这当然不是可以常用的。杜甫诗："桃花细逐杨花落，黄鸟时兼白鸟飞。"也是这一类。

一是故意用平常相对字眼的对法，如杜甫诗："追欢筋力异，望远岁时同。""异"与"同"作对本来很平常，但是在这里，以望远虽同，而追欢之筋力已不同，作强烈的对比，不独不浅，而意致更深。又如："地平江动蜀，天阔树浮秦。""天"对"地"也是极平常的，应当避免，但是在这里，以天地对照才显得景物之空旷，情思之悠远。又如："重船依浅濑，轻鸟度层阴。""轻"对"重"也太容易，不能成为好句，但是在这里，正要以鸟飞之轻快与船行之重滞作对比。所以都不但不足为病，反觉非此不可。不过必须工夫真到家才可以这样运用自如。

一是两句等于一句的对法，如杜甫诗："人怜汉公主，生得渡河归。""汉公主"本来不能对"渡河归"，只是因为两句诗本是一句法，所以可以作为变例。又："忆昨赐沾门下省，退朝擎出大明宫。"也是同样组织。在律诗中参用此种作法，就不板滞了。

一是专求字面工巧的对法，如杜甫诗："细雨鱼儿出，微风燕子斜。""鱼儿"对"燕子"非常漂亮，"细雨"对"微风"也匀称得很，但杜诗的妙处不在此而在于鱼在雨中出，燕在风中斜写得有神。宋以后有人只顾字面对得工巧，而不在诗的风韵上讲求，像沈德潜在他的《说诗晬语》所指出的"卷帘通燕子，织竹护鸡孙"，"为护猫头笋，因编麂眼篱"，"风来嫩柳摇官绿，云起奇峰失帝青"，"远近笋争滕薛长，东西鸥背晋秦盟"，都失之卑弱。古人大家绝不作此种诗。

一是律诗第一对第三句，第二对第四句的对法，名为扇对。如杜诗："喜近天皇寺，先披古画图。应经帝子渚，同泣舜苍梧。"

一是律诗四句同样作两对法。例如李商隐诗："路到层峰断，门依老树开。月从平楚转，泉自上方来。"

看了这些，可以知道律诗的对句原是不拘一格的。

对仗精工，固然可喜，然而每首诗都要字斟句酌，显出作者的良工苦心，那也太小巧不大方。古人中如陆游，近人中如易顺鼎，很有这种习气。像杜甫就不是这样的，他不但不用巧对，而且有时违反对仗的规律。例如："华馆春风起，高城烟雾开。""蛟龙得云雨，雕鹗在秋天。"春风秋天是一件事，而对句的烟雾云雨是两件事。又如"宛马总肥春苜蓿，将军只数汉嫖姚"，"雾树行相引，莲峰望或开"。宛马莲峰是实在的，而将军雾树是空的。这都是寻常律诗中不甚相宜的，而在杜诗中却不足以为病。原因是全篇有不可磨灭的精采，就不在乎小节上的修饰。譬如绝世佳人，仪态万方，纵使衣饰稍有不周，不但人不觉察，也许更增加美感。

双字中以虚对实，在古人诗中不是绝对不可以的。杜诗本来很讲究诗律，而"桑麻深雨露，燕雀半生成"，以及"竟日淹留佳客至，百年粗粝腐儒餐"。"生成""淹留"完全与"雨露""粗粝"分两不相称，这是一半采用流水对的办法。凡是这种对法的句子，必是一篇中之警策，所以稍为活动一些无妨，但不能上下文全用这种对法。顾炎武《菰中随笔》曾经提到这一点。

葛立方《韵语阳秋》说："近时论诗者，皆谓对偶不切则失之粗，太切则失之俗。"他认为杜诗中如"地利西通蜀，天文北照秦。""丛篁低地碧，高柳半天青。""水落鱼龙夜，山空鸟鼠秋"，都很工切，又何尝俗？至于"杂蕊红相对，他时锦不如。""磨灭余篇翰，平生一钓舟"，虽不求工切，又何尝违背格律？工与不工之间，在乎自然使用得当，一味求工固然不必，专以不甚对的句子装在律诗中也不一定是好办法。

用典法

使用典故的作用，在于把难于明说的事说得让读者可以意会。这是逐步发展的一种技巧，到唐人才运用纯熟。古人质朴，如果用典故，就直接引证出来，例如阮籍《咏怀》诗："昔闻东陵瓜，近在青门外。"陶潜《乞食》诗："感子漂母惠，愧我非韩才。"直接举出召平、韩信的故事。六朝的末期，特别是庾信，方才把故事融化在诗里，几乎看不出是用典。例如"步兵未饮酒，中散未弹琴。索索无真气，昏昏有俗心"，意思就是说无酒无琴之俗罢了，用上典故，格外增加词令之美，而避免直率单调的弊病。又如"长阪初垂翼，鸿沟遂倒戈。的卢于此去，虞兮奈若何"。无非说兵败国亡，而用两件古事，各叠成两句，就显得非常沉痛。这是诗中用典入神之处。

到了唐人，除了上述方法以外，又添一种实事虚用法。例如杜甫的《禹庙》诗："荒庭垂橘柚，古壁画龙蛇。"说的虽是庭中的橘柚树和壁上的龙蛇画，暗中却含有禹的故事（上句出《禹贡》，下句指禹铸九鼎事，出《左传》）。又如"青青竹笋迎船出，白白江鱼入馔来"，表面上好像写景，其实暗含养亲的意思，因为竹笋江鱼都是孝子的故事。还有刘禹锡的"楼中饮兴因明月，江上诗情为晚霞"，表面上也是写景，而上句暗用庾亮故事，下句暗用谢朓"余霞散成绮，澄江静如练"的诗句，更觉神妙动人。

此外还有些方法，举下列各诗为例。

一是以古事说明题意。如李商隐诗："军令未闻诛马谡，捷书惟是报孙歆。"上句说军法不严，败将不受惩处，下句说军报不实，虚张战功。恰好用马谡、孙歆两件史实来比拟，这是作诗的第一等技巧。

一是并非真有此事，不过借古人名作陪衬。如李商隐诗："楚辞已不饶唐勒，风赋何曾让景差？"这诗的题目是《宋玉》，不在宋玉本身找故实，而用宋玉同时的人虚作陪笔，不妨以想象出之。这样的典故就不死板。

一是借典故作渲染。如杜甫诗："范蠡舟偏小，王乔鹤不群。"并不是真说范蠡的舟，王乔的鹤，而是因为单说舟与鹤，装点得不够华美，所以借范蠡、王乔来加深色泽。能够体会到这一层，推而广之，诗就不会黯淡无光了。

句中的虚字

按照论诗的传统习惯，名词算实字，一部分的动词、形容词也可以算实字，其余算虚字。其间很难有明确的界限。不过也有原则，如果一句诗没有一个虚字，是很难成立的。因此，实字用得多，就显得厚重，虚字用得多，就显得飘逸。实字用得多，往往使读者需要用心体会，虚字用得多，就使读者可以一目了然，不愁费解。但是实字用得太多，流弊是沉闷，虚字用得太多，流弊是浅薄。要能尽管多用实字而无沉闷之弊，尽管多用虚字而无浅薄之弊，那就是工夫到家了。

现在举一首虚字用得多的唐诗如下：

> 江汉曾为客，相逢每醉还。浮云一别后，流水十年间。欢笑情如旧，萧疏鬓已斑。何由不归去？淮上有青山。（韦应物）

这首诗里的"曾为""相""每""后""间""如""已""何由不""有"都算虚字。按比重说，已经占得够多。但由于诗意流转有情，所以并没有浅薄的流弊，反而觉得深厚。这样看来，诗的厚薄，在乎命意如何，在乎含带的情感如何，也不能专在虚实字的多少上计较。不过初学作诗，虚字太多的病是容易犯的。与其虚字太多而流于浅薄，还不如实字太多的病容易矫正。

作文靠语助字来达意，已经不是好办法。作诗更不相宜。不但语助字像之、乎、者、也等类不宜用，即虚字也以少用为是。可是在全句都用实字之中，插入一个虚字作为斡旋的枢纽，又不但不妨碍气势，而且增加气势。例如《石林诗话》所举出的杜诗："江山有巴蜀，栋宇自齐梁。"用一个"有"字，一个"自"字，就把远近数千里、上下数百年的感慨都烘托出来了。

唐人也偶然有故意用语助字入律诗而取其别致的。明代杨慎举出王维的"畅以沙际鹤，兼之云外山"，及孟浩然的"重以观鱼乐，因之鼓枻歌"，认为并不酸腐。可是宋人效颦，以致有"且然聊尔耳，得也自知之"，"命也岂终否？时乎不暂留"，这样的句子就丝毫不美而徒嫌丑恶了。

叠字

诗中用叠字不但增加姿态之优美，而且增加神情之活泼。有人说王维的"漠漠水田飞白鹭，阴阴夏木啭黄鹂"，是偷李嘉祐的诗，只加上"漠漠""阴阴"两组叠字，这是不对的。固然"水田飞白鹭，夏木啭黄鹂"也不是不成诗，但加上叠字，神气方才完足，这是肯定的。"漠漠"形容一片广阔的积水，"阴阴"形容浓阴蔽日的高树，都非常贴切。其实李嘉祐在王维之后，怎能说偷？

又如王安石的"含风鸭绿鳞鳞起，映日鹅黄袅袅（袅，古同"褭"——编者注）垂"，以鸭绿形容春水，即以鸭绿代表春水，以鹅黄形容新柳，即以鹅黄代表新柳。将本身隐去，而只露出抽象部分，这种修辞法本来不是可以乱用的，然而在这两句诗里却很适当。为什么呢？有底下"鳞鳞起""裹裹垂"三字，就显出一定是春水和新柳了。因为含风，所以感觉鸭绿般的春水起了鳞鳞的波，因为映日，所以感觉鹅黄般的新柳垂下裹裹的丝。意思如此复杂而能在七个字（实际只六个字）之中都包括下来，的确精工极了，这就是以叠字传神的妙用。据说他用"鳞鳞"对"裹裹"，一是从鱼的字，一是从马的字，连这种地方都要安排得铢两悉称，这是王安石诗的特长。还有他的"新霜浦溆绵绵白，薄晚林峦往往青"，"绵绵"形容染霜之后一望都是白的，而"往往"则形容晚山不一定都是青的，又是用叠字来表达曲折的意思（以上均见《石林诗话》）。

诗家习气

诗家各有一种习气，说穿了也颇可笑。《诚斋诗话》举出李、杜、苏、黄四家的个别面目，虽带滑稽意味，却也是实情。他说："'问余何事栖碧山，笑而不答心自闲。桃花流水杳然去，别有天地非人间。'又：'相随迢迢访赤城，三十六曲水回萦。一溪初入千花明，万壑度尽松风声。'此李太白诗体也。'麒麟图画鸿雁行，紫极出入黄金印。'又：'白摧朽骨龙虎死，黑入太阴雷雨垂。'又：'指挥能事回天地，训练强兵动鬼神。'又：'路经滟滪双蓬鬓，天入沧浪一钓舟。'此杜子美诗体也。'明月易低人易散，归来呼酒更重看。'又：'当其下手风雨快，笔所未到气已吞。'又：'醉中不觉度千山，夜闻梅香失醉眠。'此东坡诗体也。'风光错综天经纬，草木文章帝杼机。'又：'涧松无心古须鬣，天球不琢中粹温。'又：'儿呼不苏驴失脚，犹恐醒来有新作。'此山谷诗体也。"细看一遍，就知道李的句子绝不会在杜集中发现，黄的句子也不会在苏集中发现，而苏、黄的句法、意趣迥然与唐人不同，也从此可见一斑。

唐诗与宋诗

历史是不能倒转的。诗又何尝不如此？一个时代有一个时代的风气，完全脱离时代是不可能的。不过杰出的诗家不肯一味随波逐流，一方面吸收前人的长处，一方面再独立发挥自己的特性，由此便把诗家的发展推进了一步。回溯自汉以来，各种诗派的变迁，总不离乎这种公式。建安诗是由十九首发展的，左思、郭璞又在建安诗的基础上加入了些史、子的成分，陶潜以后，开辟了摹写自然的诗境，梁陈诗又增加了花鸟人物的形象刻画，到了唐代，形式也多样化了，内容也复杂化了。读到唐诗，就不觉眉飞色舞，应接不暇。这说明人的对艺术欣赏是要推陈出新的，是要变化多端的。若叫人从新的回到旧的，从复杂的回到简单的，是办不到的事。唐诗已经发展到几乎无路可走了，而宋人还是能找出唐人所不重视的若干环节，设法扩大其作用。特别在词的方面，充分表现了新的面貌，新的趣味，使它成为大众爱好的东西。

由此说来，今天一定要说宋诗不好，要恢复唐诗，唐诗不好，要恢复汉魏诗，都是不合理的。我们今天对于这些诗的长处都要吸收，短处都要避免，更其重要的是：应当设法利用旧的长处，酿造新的产物。

过去谈诗的人，对于唐、宋诗的门户，往往有"出主入奴"之见。只有清初的叶燮，在他的《原诗》里有一段话说得极好，他说：作诗的人最初必定先有所感触，然后起意，然后成词、成句、成章。在感触的时候，无论是意、是词、是句，都是劈空而来，从无而有。从心里发出的写情、写景、写事，都是人所未曾说过的，这样的诗，作者与读者都是乐于欣赏玩味的。若是同一意，同一词，同一句，出现了几次，还是老套头，那就非惹人嫌不可了。天地的事物本来是越变越复杂的。人的智慧心思是无尽的，古人不过刚刚用过若干，还有待于后人的开浚，运用。天地一天不息，人的智慧心思也没有用完的时候。

历来对于唐诗、宋诗的抑扬轩轾，议论大有不同。平心而论，唐诗已经发展过的境界，宋人势不能再谨守绳墨，亦步亦趋，况且宋人的词已经在词的一门另有新的造就，则诗也不能不别立门户，与词保持相当的距离。所以宋诗不取唐诗的面貌，而大致注重气势，加入议论，虽名为诗而实近于文，自然有不得不然之势。固然不能说唐诗都好，宋诗不如，但唐诗是开基业的祖宗，宋诗是别派的子孙，子孙虽能不坠家风，究竟不及祖宗的盛时。论诗道的盛衰，总应当是这样看法。

至于偶然挑几句诗来看，却决不能说宋诗没有好处，潘德舆曾举出宋人诗"酿雪不成微有雨，被风吹散却为晴"与明人诗"薄暑不成雨，夕阳开晚晴"对看。明诗虽简淡似唐人，却不如宋人之无数曲折，自成一体，雅有劲骨。这是对宋诗正确公允的评价。

艺术品之有时代性，是无论如何掩藏不住的。即以书法而论，过去五百年中，清初人的字就不像明朝人的字，乾隆年间的字就不像清初的字，道光年间的字就不像乾隆年间的字，近人的字也不像清末的字。看古人的诗虽不能像看字那样一望而知，然而看得多了，也可以得其大概。明中叶的诗家专门摹仿盛唐的格调，仿得十分逼真，然而细按下去，只有盛唐人的腔调，没有盛唐人的风味。譬之于人，所着的衣服装饰虽是，而神情态度则非，明眼人仍然不会上当的。再往上看，宋人也偶然有像唐人的诗，他们却也未必是故意摹仿，那么，神情态度或者有点相像，无奈衣服装饰又非。杨慎曾经说过一段笑话，他举出两首宋人诗，一是："菱花炯炯垂鸾结，烂学宫妆匀腻雪。风吹凉鬓影萧萧，一抹疏云对斜月。"一是："烟波渺渺一千里，白蘋香散东风起。惆怅江洲日暮时，柔情不断如春水。"其时何景明是最主张唐诗，而最不要读宋诗的。杨慎问何景明："你看这样的诗是什么时代的？"何景明说："是唐人的。"杨慎笑说："这正是阁下所最不要看的宋诗。"于是何景明沉吟半天说："细看到底不好。"

何景明专从形式上判定好坏，而又观察不精，固然可笑，其实杨慎笑何景明也笑错了。这样的诗在宋代的名诗家集中固然看不见，但也不能因为它不像宋诗就说是唐诗。细看起来，风吹凉鬓，一抹疏云，句意不够凝重，而柔情不断，更像词而不像唐人的诗，总由唐诗味厚而以后的诗味薄的缘故。何景明说：细看到底不好，也并非绝无理由。

江西诗派

宋人好新奇，觉得唐人正规的诗已经作得尽美尽善无以复加了，就想另换一种面目，一种口味。按理说，这也是不错的。不过独出心裁的办法也只能在一个时期里发生作用，而且也不可太偏。专门在某一点上考究而抹煞其他重要因素，这就失于偏，同样会被人厌弃的。黄庭坚所领导的江西诗派，专门以句法求新，就有这个毛病。江西诗派虽然在近代占有相当势力，可是前人也有很不以为然的。例如王若虚的《滹南诗话》说："古之诗人虽趋尚不同，体制不一，要皆出于自得。至其词达理顺，皆足以名家，何尝有以句法绳人者？鲁直开口论句法，此便是不及古人处，而门徒亲党以衣钵相传，号称法嗣，岂诗之真理也哉？"

同一诗话里又说:"鲁直于诗,或得一句而终无好对,或得一联而卒不能成篇,或偶有得而未知可以赠谁,何尝见古之作者如是哉?"诗的好坏不完全在于一句的出色不出色,若必先想好一句好的句子,然后凑成诗,则诗之不能自然,也就可以想见了。譬如衣服妆饰是为人而设的,有了人不怕没有恰当的衣服妆饰,何必先作衣服妆饰而后找人呢?宋人知道单讲词藻的富丽不足以为诗,可是又忘了单讲句法的奇峭也不足以为诗,所谓"齐固失之,楚亦未为得也"。

除句法以外,宋人又太过偏重先要立意,前人也曾指出而加以批判。谢榛在《四溟诗话》里说:"诗有词前意,词后意。唐人兼之,婉而有味,浑而无迹。宋人必先命意,涉于理路,殊无思致。及读《世说》:文生于情,情生于文。王武子先得之矣。"

汪师韩《诗学纂闻》有一段很好的议论:"宋以后诗人有四种好处,曰博,曰新,曰切,曰巧,但坏处也就在这里,学虽博,气不清,不清则无音节。文虽新,词不雅,不雅则无气象。切而无味,则象外之境穷。巧而无情,则言中之意尽。"汪氏此说大致不差,然而也有语病。除了巧字是唐人所不甚措意以外,唐人难道不讲求博、新、切吗？不过不专在这上面争胜罢了。宋以后的诗，如果真能博、能新、能切，那自然还是好的。

名句

诗本是不能从一两句来看的，如果专挑出一两句新鲜的句子就说这是好诗，未免沾上过去评诗家的习气了。不过作诗的人体会到当前的景物，从他自己胸中写出观察所得，使读者能与作者得到同一感想，宛然与作者同时在场，这种诗句一定要从极静寂的境界得来。一人一生也未必有多少机会，所以是难得的，所以值得沉吟玩味。杜甫诗："落日在帘钩，溪边春事幽。芳菲缘岸圃，樵爨倚滩舟。"把春江中一片清幽绮丽的光景和自己的生活、情感交织起来，的确使人为之神往，玩味不尽。还有"雨槛卧花丛，风床展书卷。钩帘宿鹭起，丸药流莺啭"两联，也是古人所称道不衰的（见《石林诗话》）。因为这二十字之中，有事、有景、有情，是诗人自己亲身体验的，与纯从局外描写的不同，加以字法句法又那样流美，怎能不勾引人去再三咀嚼其中情味呢？后来宋朝秦观的"雨砌堕危芳，风轩纳飞絮"，也有相似的地方，宋人也很佩服（见《紫薇诗话》)。但稍嫌太着力一点，不如杜诗在有意无意之间更妙。

写景要初合环境，使人一见即如身入其中。古人名句有可供启发的，例如"渡头余落日，墟里上孤烟"，确是晚村光景。"两边山木合，终日子规啼"，确是深山光景。"黄云断春色，画角起边愁"，确是穷边光景。"山光悦鸟性，潭影空人心"，确是古寺光景。"野径云俱黑，江船火独明"，确是暮江光景。

古来有些名句，被人传诵不休，其实细按起来，并没有什么深奥的意思，独到的见解。钟嵘的《诗品》里举出几句，如："思君如流水"，"高台多悲风"，"清晨登陇首"，"明月照积雪"，并且指出这些都不过是就眼中所见到，心中所想到的，率直写出来，好处就在于平淡无奇，并不在乎有典故、有来历，也不在乎新鲜工巧。他的话是很正当的。

诗的工拙固然不是凭一两句句子来断定的，在长篇古诗里尤其是这样。但是在律诗里也不尽然。虽然真的好诗也无须刻意求新求巧，不过因为篇幅短，总要精警健拔，才能出色。类如《六一诗话》里所举的"柳塘春水漫，花坞夕阳迟"（严维句），以及"鸡声茅店月，人迹板桥霜"

（温庭筠句），前者写春光之中一片融融景象，后者写早起行人所见，都是刻意炼成而使人耐于讽诵的。刘攽的《中山诗话》则挑剔前两句说："夕阳迟是由于花，春水漫何关于柳？"王若虚《滹南诗话》更作一番推论说："苕溪又曰：不系花而系坞。予谓不然。夕阳迟固不在花，然亦何关乎坞哉？"这都未免胶柱鼓瑟。

句法变化

诗有字数句数的拘束，初学的人不免觉得为难。其实在拘束之中还尽有伸缩之余地。假如遇有话不容易说清楚的时候，可以有下列几种方法：

一是律诗的分承法。以第三句承接第一句，以第四句承接第二句，如此则等于四句诗说两个意思。例如杜甫诗："汲黯匡君切，廉颇出将频。直词才不世，雄略动如神。"直词是接汲黯说，雄略是接廉颇说。

一是绝句中的三句总作一句。在平常的七绝中，总是意思转折多的为妙，但有时为加强语气，反过来以意少词多取胜。例如元稹诗："芙蓉脂肉绿云鬟，罨画楼台青黛山。千树桃花万年药，不知何事忆人间？"意思说：既有神仙眷属，又有五云楼阁，又可以长生不老，那又何必还想回到人间呢？前三句完全都是实字，只在末一句总结一下，点出意思。①

一是律诗的流水对。两句虽相对，其实是一句意思，因为一句说不完，所以改用对句。例如白居易诗："翠黛不须留五马，皇恩只许住三年。"意思说："歌妓们也不必攀留我了，皇上只让我作三年官呀！""翠黛""皇恩"，"三年""五马"，也都是借对。这样的句法非常流利动人。

作诗的功夫

杜诗云："老去渐于诗律细。"又云："毫发无遗憾，波

---

① 还有李白的："剑阁重开蜀北门，上皇车马若云屯。少帝长安开紫极，双悬日月照乾坤。"前二句与第三句相对，而以第四句为总结。这是说：在蜀的上皇，与在长安的少帝遥遥相对。四句全是实字，不需虚字，意思已极显明，诗的韵味也很好。此外唐人柳中庸有一首，四句全是实写，全是对仗，只用两个虚字点出神韵。诗云："岁岁金河复玉关，朝朝马策与刀环。三春白雪归青冢，万里黄河绕黑山。"可见诗无定法，只在作者善于变化。寥寥二十八个字，可以变出无穷新样来。

澜独老成。"又云："庾信文章老更成。"可见诗的成就是需要功夫的。第一要见闻广阔。有充沛的资料来源可供运用，有丰富的生活体验可供抒写。第二要琢磨精细。初稿有时不免逞笔锋一时之快，不暇检点，而且不多看别人的诗，不多与现实接触，往往不知道自己的缺点和错误。经过反复吟味修饰，总可以更完美些。这是杜老现身说法为后学示津梁，后学果然遵循他的矩范，就不会陷于早熟与早夭了。最可惜的是本来有作诗的天才，略有成就，而浅尝辄止，故步自封。以前多少诗人不能百尺竿头更进一步，就是为此。"毫发无遗憾"是要自己虚心在细处检点，不让一笔粗忽过去。"波澜独老成"是要争取时间与空间来丰富自己。古人说张说的诗自到岳州以后好像得了江山之助。时间的持久虽是人力所不能掌握的，空间的扩大却是诗人所应当努力的。行万里路与读万卷书都是诗人必具的条件。杜氏自己也说："读书破万卷，下笔如有神。"学问不丰富，诗的境界是不能神妙的。

诗是可以日常讽诵玩味的，但不是可以常作的，更不是可以鼓励任何人常作的，不作诗并不等于说不懂诗，也不等于说不能欣赏诗。潘德舆在《养一斋诗话》里有几句话说得最好，他说："常读诗者既长识力，亦养性情；常作诗者既妨正业，亦蹈浮滑。"古来名家诗最多的是陆游，尽管好诗不少，究竟大同小异重复迭见的也不能免，而且风格如一，究竟缺少变化，不能使人读之不厌。不过因为享到高寿，八十几岁才死，几于无一日不作诗，所以诗多不足为奇。后人如果学他那样，肯定是不会有益的。学作诗固然不能一天就学会，然而天天作诗就会把诗作好也是必无之事。

改诗

诗不能有一个字不稳，如果发现不稳，是应当改的，杜诗："新诗改罢自长吟。"这是深能说出诗家甘苦的话。古来名家对于自己的诗总是十分矜慎的。本来对于一切学问都应当谦虚不自满，力求进步。对于诗岂有例外？

不过另有一说，凡事不可太偏。相传韩愈作京兆尹的时候，贾岛在路上遇见他，口里还念着"僧□月下门"一句诗。僧字下又想用"推"字，又想用"敲"字，反复沉吟不定，因而不觉冲犯了韩愈的仪仗（京兆尹是首都的地方行政首长，官民都要避道而行）。韩愈问明白了他是吟诗，于是笑着说："还是'敲'字好。"从此这件故事流传在诗人口里，以斟酌一个字为"推敲"，而晚唐诗人还有"吟安一个字，捻断数根髭"的笑话。其实做诗做到这样斤斤于一字，就未免入魔了。推敲两字比较起来，何以见得敲字比推字好呢？无非觉得推的动作太简单直率了些，而敲的动作还有些回旋余地。至于诗的好坏果真就在于这一个字吗？如果你自己作诗的时候，当时的情景是推，自然的意识是推，那么，推字在你就是好的，何必为了作诗而硬造出一种意境呢？古人的名句如"池塘生春草"，"蝴蝶飞南国"，"明月照积雪"，何尝有什么深奥奇警的字义？不过作者心中有此感想，目中有此接触，融成一片，纯出自然。唐以前的人只有称赞一句诗的，绝对没有称赞诗句中一个字的。晚唐以后，才有这种风气，而宋以后人喜欢"推敲"，这就太偏了。

但是有时确有一字不安经人改定而精神十倍的。顾嗣立《寒厅诗话》说："张橘轩诗：半篙流水夜来雨，一树早梅何处春？"元遗山认为既说一树就不能再说何处，因而替他改作"几点早梅"。虞道园请赵松雪看诗，有"山连阁道晨留辇，野散周庐夜属橐"之句，赵松雪替他把"山"字改作"天"，"野"字改作"星"。萨天锡诗："地湿厌闻天竺雨，月明来听景阳钟。"虞道园认为"闻""听"两字重复，改"闻"作"看"。这都是改得好的。

诗句蹈袭

诗句原有偶与古人相似的，也有采用古人成句加以变化的。宋代杨廷秀在他的《诚斋诗话》中举出如下。杜甫的"映阶碧草自春色，隔叶黄鹂空好音"，本于何逊的"山莺空曙响，陇月自秋晖"。"薄云岩际宿，孤月浪中翻"，本于庾信的"白云岩际出，清月波中上"。又阴铿有"莺随入户树，花逐下山风"，杜有"月明垂叶露，云逐度溪风"，庾信有"永韬三尺剑，长卷一戎衣"，杜有"风尘三尺剑，社稷一戎衣"。又举出南朝苏子卿梅诗："只言花是雪，不悟有香来。"而王安石诗："遥知不是雪，为有暗香来。"后不如前。陆龟蒙诗："殷勤与解丁香结，从放繁枝散诞香。"而王安石诗："殷勤为解丁香结，放出枝头自在香。"却前不如后。

明代杨慎在他的《升庵诗话》里又举出陆龟蒙的《白莲》诗："无情有恨何人见，月晓风清欲堕时。"本于李贺的《咏竹》诗："无情有恨何人见，露压烟浓千万枝。"

王世贞《艺苑卮言》举出鲍照诗："客行有苦乐，但问客何行。"出于王粲诗："从军有苦乐，但问所从谁。"陶潜诗："鸡鸣桑树颠，狗吠深巷中。"出于古乐府："鸡鸣高树颠，狗吠深宫中。"这是不足为病的。因为全篇别具机杼，偶然两句沿袭古人，更觉自然，并不着痕迹。至于李白的"人烟寒橘柚，秋色老梧桐"，黄庭坚直接采用而将上句改作"人家围橘柚"。杜甫的"昨夜月同行"，陈师道改作"勤勤有月与同归"，"暗飞萤自照"，改作"飞萤元失照"，就不免点金成铁了。

古诗多互相蹈袭，例如曹植有"始出严霜结，今来白露晞"，王融则云："昔往仓庚鸣，今来蟋蟀吟。"颜延年则云："昔辞秋未素，今来岁载华。"曹氏又有"朝游江北岸，日夕宿湘沚"，潘岳则云："朝发晋京阳，夕次金谷湄。"刘琨则云："朝发广莫门，暮宿丹水山。"这是由于古人的质朴，也是由于古诗还没有发展成复杂变化的境界，所以不免于单调。

古人有名诗句常有互相暗合的。如苏轼"梨花淡白柳深青"一诗（已见前引）与杜牧的"砌下梨花一堆雪，明年谁此凭阑干？"语意正同，而工巧也不相上下。

至于韦应物有"绿阴生昼寂，孤花表春余"，王安石又有"绿阴生昼寂，幽草弄春妍"，就未免直用古诗的嫌疑。

但王的对句很好，还可以说借成语入自己的诗而加以点化。最不可解的是：黄庭坚但把李白的十个字改掉两个字，等于完全抄袭人人熟读的诗，当然是不可为训的。

诗家的偷意偷调是自己所不曾觉察的，如果被人检举出来，也无法加以辩解，潘德舆《养一斋诗话》中举例不少。

句法重复

句法相同，是诗的一病，这在律诗里诚然是应当避忌的，然而也不可一概而论。至于古诗，更不必管，只要有此必要，即使同样句法，同样句意，多来几句，也许更加雄厚，不觉重复讨厌。前人举出谢惠连的诗："屯云蔽层岭，惊风涌飞流。零雨润坟泽，落雪洒林丘。浮氛晦崖巘，积素惑原畴。"六句同一句法。又陈张正见的诗："含香老颜驷，执戟异扬雄。惆怅崔亭伯，幽忧冯敬通。王嫱没胡塞，班女弃深宫。"六句用六个古人名。在后人一定要指为重大疵病，古人却并不拘。这见于明代都穆的《南濠诗话》。

李商隐有一首五律，开始四句是："路到层峰断，门依老树开。月从平楚转，泉自上方来。"句法完全相同，然而写得有层次，同中见异，所以不但不嫌其同，而且正以同为妙。

不过初学作诗，不能援此说以自解。因为古人的犯重复，是明知故犯的，他自有他的用意。初学作诗而犯重复，那是出于不检点。

浮声虚响

多读古人诗也有一个容易犯的毛病，就是剽窃了古人的腔调，开口闭口，总离不开，久而久之，习惯养成，不觉旁人生厌。明代何、李诸家病即在此。所谓浮声虚响，最是要自己警惕的。诗句当然要响，不要哑，但一味求响而并无真意，或虽有意而气不沉，光太露，过于注重表面，都是浮声虚响。

古人各有各的腔调，学起来不宜于摹仿太像，更不宜篇篇句句摹仿。即如用字也各有各的习惯，杜诗习惯用百年、万里、江海、乾坤等字作对，实在也很可厌。学诗总要把这些避开，以免优孟衣冠之诮。

学古人是必要的，但又不可被古人绑住。不学古人就得不到技巧，毛病是太生。被古人绑住，虽有技巧也无意味，毛病是太熟。学诗的人要在求熟之中不忘记求生才好。

个性与特长

一人有一人的面目，一人有一人的性情，即使向古来先哲学习，只可学他的精神，也不可完全抛弃自己的个性。唐代释皎然本是一个诗僧，他的所长实在是律诗，因为那时苏州刺史韦应物负有盛名，而韦是以五古擅长的，皎然特为呕尽心血作了十几篇五古献给韦。韦看了以后，并不置可否，皎然大为失望，以后又再将自己旧作写去，韦才大加称赏，因而告诉皎然："你为什么要迎合我的意思不拿出自己的本领来，几乎让我失敬呢？"这段故事足为学者鉴戒。凡自己力量所达不到的也不必勉强，自己所已经有把握的不妨专从这方面发展。陆游不长于长篇古体，所以他的诗集虽然丰富，二十韵以上的长诗竟然缺乏，这也是很老实的办法。

咏物诗与议论诗

咏物诗本不易作。葛立方《韵语阳秋》指出李商隐《柳》诗："动春何限叶？撼晓几多枝？"石曼卿《梅》诗："认桃无绿叶，辨杏有青枝。"照这种样子作去，实在不免笨拙恶劣，后学应当引为鉴戒。总之，意中所要描写的对象，不可便抱定不放，须从空处设想，从无迹象处着笔，方是高手。宋人传说画院中出题目考试画家，题目是"落花归去马蹄香"。大家都老老实实画出落花，有一人只画蝴蝶数枚在马后追随，落花的意思自然包含在内，这个道理与作诗是相通的。

咏物诗中最容易落俗套的无过于咏梅的诗。人人爱诵的"疏影横斜水清浅，暗香浮动月黄昏"，已经不是上等诗。至于高迪的"雪满山中高士卧，月明林下美人来"，更为俗不可耐，学者千万不可误认误学。

议论诗始于晚唐，李商隐尚不过借以抒感慨，至于杜牧《题乌江庙》诗："胜败兵家不可期，包羞忍耻是男儿。江东子弟多才俊，卷土重来未可知。"就等于作一篇项羽论。以后到了宋代，这样的诗越来越多，其实史论已经是可以不作的，何况用空议论来作诗呢？宋明人的议论诗还有很多迂腐可笑的，比起纤俗的咏物诗来，更无足取。

气韵

评诗的话头，大多数都容易了解，只有"韵"字颇难说明，这个韵是气韵之韵，不是声韵之韵。明代陆时雍的《诗境总论》有几句话说得最好："有韵则生，无韵则死；有韵则雅，无韵则俗；有韵则响，无韵则沉；有韵则远，无韵则局。物色在于点染，意态在于转折，情事在于夷犹，风致在于绰约，体势在于游行，此则韵之所由生矣。"

在种种条件具备以后，还有一种无形的尺度来衡量诗的美丑。拿人来比喻，仅有美好的面貌和衣饰不能就算足够，必须还有生动的体态。三件都有了，还必须有蕴藉风流的言谈举止，才是个可亲可爱的人。这人不是孤立的，而是在完整的环境气氛中衬托出来的。有了这样的气韵，原来的面貌、衣饰、体态就更加美了，并且随着气韵而更加生动了。

至于气韵怎样养成，这是不能在诗的本身上求得的，主要在于多读书积理。

换字

初学作诗不妨用古人成句试换一两个字，作为练习方法。举两句实例作为参考。

唐人刘长卿《雨中过灵光寺》诗："向人寒烛静，带雨夜钟深。"本来是好句。但是初学还可以深入探讨一番。"向人寒烛静"，写出雨中清寂的景况，似乎没有一个字不妥，也就是很难更动一个字。不过假如不管下句，蓄意在这一句上换一个字，使其仍然可以成诗，那么，"向人寒烛澹"，或者"向人寒烛短"，也还可以过得去。或者把意思翻一下，"向人寒烛晃"，写出雨气吹到窗里，摇动烛光，也不是不通。至于下句，韵脚倒似乎还有几个字可以换，比如"带雨夜钟遥"，"带雨夜钟沉"，"带雨夜钟清"，都还可以成句。明代谢榛是最喜欢代古人改诗的，他把这句改作"隔雨夜钟微"，确也很好。

因此可以悟出一句好诗可以衍化为大同小异的若干句，在某一点上可能比古人原诗还要好些。初学从此入手，在立意选词的功夫上一定是事半功倍的。

在旧时代里，有一种名虽风雅而实是赌博的游戏，叫作诗谜，或诗宝，或诗条。在前人已刊的诗集中选取一句，隐去一字，除本字外，再找四个性质轻重差不多而可以使人目迷五色无所适从的字配上。叫人从这五个字中去猜，猜中本字的得胜。其中作诗条的与打诗条的都需要高度的技巧，技巧精的可以用整首七律诗按次序出，因为七律诗有对仗关系，看过上句，容易猜中下句，能够不怕人一猜就中，自然是精巧得无懈可击的了。如果利用这个方法作为练习，在初学的阶段中也不无小补（打诗条的风气，见于清代梅曾亮的文集中）。

欧阳修《六一诗话》说：有人得一杜集旧本，其中多有脱误。在《送蔡都尉》一诗中，"身轻一鸟□"句脱去一字。大家各按自己意思代填一字，有人填"疾"字，有人填"落"字，有人填"起"字，有人填"下"，结果找到善本，才知道原诗"过"字。这件事证明杜甫的诗用字之精，普通人竟想不到。

杨慎《升庵诗话》说：有人看了孟浩然集中"待到重阳日，还来□菊花"。纷纷揣测，或说是"醉"字，或说是"赏"字，或说是"泛"字，或说是"对"字，后来得到善本，才知道是"就"字，才知道原诗之妙。"就"字是唐人所用的字，后人不常用，所以觉得新色而又深稳。崔颢诗：

"玉壶清酒就君家"，李郢诗："闻说故园香稻熟，片帆归去就鲈鱼。"都是移尊就教的意思。

诗中常用的字

律诗中所用的字有可读平亦可读仄的，用的时候须加审慎。大概"应""教""论"等字总作平声用，作仄声即不相宜。"判""忘""重"等字可平可仄（判与拚字意相同，重即再字之意），至于唐人有以"相"字作仄声用的，那是当时的习惯，现在不可从。

现时通用的口语，在律诗中也有常用的。例如"争"即"怎"字，"者"即"这"字。至于"也""那""个""把"等字，与今体写法还是一样。

唐律中有些当时常用的口语，今人不甚能解的，例如："若个"即哪个的意思，"何当"即怎样才可以的意思，"格是"即反正是的意思，"遮莫"即尽管的意思。又"可怜"二字有两种用法。例如："我未成名君未嫁，可怜俱是不如人。"这种"可怜"与现在的用法并无不同。至于"可怜九月初三夜，露似珍珠月似弓"，这种"可怜"乃是可爱的意思（以上略见汪师韩的《诗学纂闻》，这部诗话很多可采）。

杂体

前人的诗有些杂体，除上文所提到的以外，现在略举几种较为重要的，介绍如下。

一是联句。在集会的时候，每人作一句诗，不一定有章法，意思也不一定连贯，等于无组织的集体写作。汉武帝的柏梁诗就是这一种，后人就称为柏梁体。以后发展到了韩愈、孟郊，参加联句的都是工力悉敌的诗家，于是先起一句，以后每人对了上句，再起一句，让第二人照样，一面对上句，一面起次联。这是最困人的联句法，特别是五言排律，非精于此道者不能。每每在名家诗集中发现这样的联句诗，就感觉文章游戏也是一乐。

一是回文诗。始于南北朝苏蕙，以回文诗织在锦上，寄给她的丈夫，感动了她的丈夫，恢复固有的爱情。回文诗的特性是顺读逆读都可以成诗，最工巧的可以作成七律若干首。不过无论如何工巧，逆读的总不能像顺读那样自然。前人在镜的铭辞上往往采用回文体，因为镜多数是圆形的，回文刻在圆镜上格外便利。

一是辘轳体。将一句古人的七律成句（平韵的）分嵌在七律的第一、二、四、六、八句中，配成五首。

改诗为词

有人将几首著名的唐人七绝诗改一改读法，并不增减一字，就宛然变成了词的面目，固然是游戏，也颇能对学诗词的有所启发。

诗

黄河远上白云间，一片孤城万仞山。羌笛何须怨杨柳，春风不度玉门关。

词

黄河远上，白云间一片。孤城万仞山，羌笛何须怨？杨柳春风，不度玉门关。

诗

清明时节雨纷纷，路上行人欲断魂。借问酒家何处有，牧童遥指杏花村。

词

清明时节雨，纷纷路上行人，欲断魂。借问酒家何处，有牧童，遥指杏花村。

诗

云想衣裳花想容，春风拂槛露华浓。若非群玉山头见，会向瑶台月下逢。一枝红艳露凝香，云雨巫山枉断肠。借问汉宫谁得似，可怜飞燕倚新妆。名花倾国两相欢，长得君王带笑看。解释春风无限恨，沉香亭北倚阑干。

词

云想衣裳花想容，春风，拂槛露华浓。若非群玉山头见，会向瑶台月下逢。一枝红，艳露凝香，云雨巫山枉断肠。借问汉宫谁得，似可怜，飞燕倚新妆。名花倾国两相欢，长得君王带笑看。解释春风无限，恨沉香亭北，倚阑干。